93 ans de B-D

Jacques Sadoul

93 ans de BD

Le présent ouvrage intègre une partie de l'introduction et quelques pages de mon précédent livre *Panorama de la bande dessinée*.

L'éditeur remercie Sylvie Mocaer pour la mise en page, Roger Brunel pour la couverture, Vittorio Leonardo pour les couleurs de la couverture, André Schwartz pour le lettrage des titres, ainsi que Hewlett Packard assisté de Marie-Claude Réau et Thomas de Kayser pour la mise au point de l'index.

INTRODUCTION

Que de chemin parcouru !

Sans exagération, on peut dire que la bande dessinée est devenue un mode d'expression majeur. Or, après la Seconde Guerre mondiale, lire des B-D était une preuve de débilité mentale, un passe-temps réservé aux seuls cancres des classes primaires. Le genre existait pourtant depuis la fin du siècle dernier, et il était populaire des deux côtés de l'Atlantique depuis les années trente. Aussi, avant toute étude détaillée de l'histoire de la bande dessinée, c'est d'abord le phénomène sociologique qu'il faut examiner.

À dire vrai, personne ou presque ne s'intéressa à la montée de la B-D au cours de la première moitié de ce siècle. Les *comic sections* des journaux américains du dimanche, puis les premiers *comic-books* purent s'épanouir librement aux États-Unis. En France, les albums des *Pieds Nickelés, Zig et Puce* ou *Tintin,* puis les hebdomadaires, *le Journal de Mickey, Robinson, Junior,* etc. connurent un vif succès. Bien sûr, leur lecture était interdite dans les lycées et collèges, mais ils étaient plus ignorés que combattus.

Or, quelques années plus tard, dans notre pays comme en Amérique – entre 1947 et 1954 –, la bande dessinée fut chargée de tous les maux. Aux États-Unis, une commission sénatoriale délibéra sérieusement pour déterminer si la délinquance juvénile n'était pas essentiellement due à la lecture des comics ! En France, une campagne de presse débuta en 1947, orchestrée à la fois par le parti communiste, le MRP et d'autres mouvements chrétiens; l'alliance de la faucille et du goupillon en somme ! Les intellectuels se crurent obligés de renchérir, Louis Pauwels écrivit : « J'ai sur ma table quinze ou vingt journaux "pour enfants" publiés à Paris. Je viens de les regarder un à un. Je sors de là comme d'un très poisseux cauchemar.

Tout ce dont nous autres, adultes de 1947, nous nous nourrissons dans ce monde de la violence et de la sottise, nous le chantonnons par l'intermédiaire de ces "journaux du jeudi" aux petits enfants, pour qu'ils nous ressemblent, pour qu'ils aient un visage aussi triste et chafouin que le nôtre, des envies à notre mesure, des amusements aussi pauvres et des souvenirs aussi marécageux. (...) J'ai compté. En moyenne : vingt-trois assassinats pour huit pages, avec ventre défoncé, gorge ouverte, étranglement dans un souterrain, mitraillade, écrasement, cinq revolvers braqués, seize coups en vache. » (*Combat*, 1947, repris dans *Sélection* en 1948 dans l'article *Poison... en images pour enfants.*) À son tour Jean-Paul Sartre volait au secours des censeurs en faisant traduire dans *Les Temps modernes* (mai 1949, n°43) l'article de Gershon Legman : *Psychopathologie des « comics »*, paru aux États-Unis dans la revue *Neurotica* l'année précédente.

Une première attaque contre la B-D avait été menée dans le *Magazine of Parents*, puis par l'association ultra-réactionnaire des Mothers of America, mais ce fut le pamphlet du psychanalyste G. Legman qui, surtout, eut un grand retentissement. Voici quelques extraits de ce texte qui fut, répétons-le, pris très au sérieux des deux côtés de l'Atlantique dans les années cinquante : « La génération américaine postérieure à 1930 ne sait pas lire. Elle n'a pas appris, n'apprendra pas et n'en éprouve aucun besoin. Être capable d'épeler les placards publicitaires, c'est-tout ce que notre niveau de culture exige d'elle. Depuis plus d'une décennie, radio, cinéma, magazines illustrés et comics ont comblé tous ses besoins culturels et récréatifs et, pour elle, le langage imprimé est en voie de disparition. (...) Dans ce sol richement fumé de culpabilité, de peur et d'agression latente, le virus du *Superman* était semé. Les comic-books ont réussi à donner à chaque enfant américain un cours complet de mégalomanie paranoïaque, tel qu'aucun enfant allemand n'en a jamais suivi, une confiance totale dans la morale de la force brutale, telle qu'aucun nazi n'a jamais pu la rêver. On retrouve dans chacun des comic-books divers harnachements empruntés à l'appareil extérieur du nazisme. Peut-être est-ce une vague conscience de leur rôle précurseur dans l'établissement éventuel d'un État fasciste; on y trouve même la clique des dieux païens : Vodin, Thoth, Oom,

Superman © DC Comics Inc/Graph Lit

Ug, et la même exploitation des insignes magiques : énormes "S" de Superman sans lesquels il est réduit à l'impuissance; éclairs brodés de Flash, du Captain Marvel ou monogramme encore plus transparent du Lone Ranger, auquel seul manque une barre pour former une croix gammée complète. Quand le lecteur du comic-book entend le mot "culture", lui aussi sort son revolver...

» On y retrouve aussi le même courant souterrain d'homosexualité et de sadomasochisme, continue Gershon Legman. L'exploitation de la brutalité et de la terreur est toujours criante. L'élément homosexuel est moins apparent... L'élément homosexuel véritable du *Superman* réside dans l'affirmation de la loi du lynch, dans cette justice bâtarde et inavouée dont il se réclame pour commettre ses méfaits. Peu importe le degré de noirceur des criminels : en s'identifiant à eux, l'enfant réalise son rêve de force œdipéen. (...) Il existe même un comic super-femelle, c'est Wonder Woman, essentiellement lesbienne, essentiellement vouée à la domination du mâle... Le thème du *Superman* et tous ses symboles se trouvent renversés : là où Superman arbore des organes génitaux ridiculement gonflés, toujours acceptés, alors que les seins féminins volumineux s'attirent de vives critiques, la Wonder Woman est affublée d'un lasso "yonique" (terme forgé à partir du mot "yoni" désignant le vagin dans le *Kâma-Sûtra*), dont la' boucle d'un mètre de diamètre lui pend devant le pubis. C'est sa marque de fabrique et, grâce à cet instrument, elle extermine ses agresseurs, humiliant et bousculant tous les mâles de l'album. »

Et Legman de conclure : « Que les éditeurs, les dessinateurs et les auteurs de comics soient des dégénérés et des gibiers de potence, cela va sans dire, mais pourquoi donc des millions d'adolescents admettent-ils passivement cette dégénérescence ? »

On parlerait aujourd'hui de désinformation. D'abord ce pamphlet délirant porte en lui ses propres contradictions : si les comics des années 1930/1940 étaient véritablement l'école de fascisme que prétend l'auteur, pourquoi le phénomène nazi s'était-il développé en Allemagne (où les comic-books étaient inconnus) et non en Amérique ? De plus toutes les affirmations de Legman sont fausses ou, au mieux, inexactes. Le « S » de Superman ne lui donne aucun pouvoir spécial, ses organes génitaux ne sont nullement soulignés alors que, au contraire, les femmes ont des seins plantureux; le Lone Ranger n'a aucun monogramme; le lasso de Wonder Woman n'a jamais été appelé « yonique » mais simplement magique; enfin, il pendait à son côté et non devant son pubis. J'ai vérifié ce fait dans les tout premiers numéros de la série, y compris dans le n° 8 de *All Star Comics* de décembre 1941 où le personnage fit sa première apparition : pas le moindre « yoni » ! On se demande comment Legman a pu rêver pareilles absurdités...

Quant à l'encouragement à l'homosexualité par l'application de la loi du lynch, j'avoue ne pas comprendre. Ailleurs, dans ce même article, Gershon Legman voit un symbole d'homosexualité dans l'image de Superman volant vers un horizon qui rougeoie sous le soleil couchant. Je ne comprends toujours pas. Plus loin, Legman n'est pas mieux inspiré en affirmant que le super-héros est antisémite car son nez est droit; or, l'auteur, le dessinateur, l'éditeur et le rédacteur en chef de *Superman* étaient tous juifs : ils pouvaient difficilement être taxés d'antisémitisme.

Thun'da

Mais le mal était fait, et la dénonciation de la B-D était devenue un sujet à la mode. Le 2 mars 1948, la chaîne de télévision ABC programma un débat intitulé : « Qu'est-ce qui ne va pas avec les comics ? » Al Capp, l'auteur de *Li'l Abner,* représentait les dessinateurs. Il fut rapidement débordé par le critique du *Saturday Review of Literature,* J. Mason Brown, qui déclara que les comic-books étaient : « la marijuana de la nursery, la peste du landau, l'horreur de la maison, la malédiction des enfants et une menace pour l'avenir ». Cette citation est extraite de l'ouvrage de *Ron Goulart's Great History of Comic Books* (New York, 1988). Goulart ajoute perfidement : « Devant de telles allitérations, on ne peut s'empêcher de se demander si Brown n'avait pas été inconsciemment influencé par les comic-books de Basil Wolverton ! »

Un dernier point mérite d'être signalé. La génération américaine postérieure à 1930, abêtie par les comics, le cinéma, les magazines, la publicité – au dire de Gershon Legman –, est celle qui a conquis l'espace et permis à l'homme d'atteindre la Lune. La génération suivante, celle qui, depuis 1954, n'a connu que des B-D émasculées,

9

d'où la violence et l'érotisme étaient soigneusement bannis, est celle qui a donné naissance au mouvement hippie, s'est embourbée au Viêt-nam et s'est réfugiée dans les paradis artificiels de la drogue. Un hasard, sans nul doute, mais qui offre un amusant démenti à un prophète de malheur.

En France, la campagne de presse porta rapidement ses fruits et aboutit à la loi scélérate du 16 juillet 1949 sur les « publications destinées à la jeunesse ». Grâce à elle, et surtout au parti communiste, on arriva bientôt à l'interdiction de toutes les B-D d'origine américaine, les productions Walt Disney exceptées. Il en avait été de même en Italie à l'époque du fascisme; et, n'en doutons pas, il s'agit bien ici d'une autre forme de fascisme. On reste confondu aujourd'hui devant les motifs invoqués à l'époque : le Fantôme du Bengale était nocif pour la jeunesse car il portait un masque et la justice doit combattre le crime à visage découvert ! Mandrake perturbait les jeunes esprits car sa magie était irrationnelle, de même pour la force de Superman. Sheena, reine de la Jungle, était trop dévêtue. On alla jusqu'à condamner la fiancée de Flash Gordon parce qu'elle portait des mini-jupes et celle de Brick Bradford pour l'opulence de sa poitrine.

Tim Tyler's Luck   © King Features Syndicate/Opera Mundi

L'hebdomadaire *Donald* tenta un temps de rallonger les jupes de Dale et de gommer les seins de Rota, puis préféra se saborder. Alors s'ensuivit pendant quinze ans une période noire pour la B-D dans notre pays, heureusement compensée par l'essor de l'école belge des hebdomadaires *Spirou* et *Tintin*.

Tout récemment, en 1987, un fonctionnaire, « directeur des libertés publiques » (quel humour noir dans ce titre attribué à un censeur !), réunit une sorte de musée des horreurs, amalgame de bandes dessinées et de revues pornographiques. Il prétendait justifier ainsi des interdictions d'albums et de revues de B-D; mais des romans étaient également visés. En fait, le groupe politique qui le manipulait voulait une nouvelle fois utiliser la loi de 1949 pour rétablir une certaine forme de censure. En juin 1988, le personnage était chassé. Mais le danger subsiste pour la bande dessinée (en particulier, et la liberté d'expression en général) tant que cette loi ne sera pas abrogée ou, à tout le moins, modifiée.

Aux États-Unis, les choses évoluèrent plus lentement qu'en France malgré les attaques incessantes de l'association des Mothers of America et la publication d'un ouvrage de Gershon Legman, *Love and Death, a Study in Censorship* (New York, 1949), qui reprenait ses accusations. Néanmoins, les comics purent rester libres jusqu'en 1954. Cette année-là, un psychiatre, le Dr Frederic Wertham, publia un livre, *Seduction of the Innocent*, véritable déclaration de guerre aux comic-books. Voici ce que les rédacteurs du catalogue « *Bande dessinée et figuration narrative* » (Paris, 1967) en écrivent : « Se servant d'exemples soigneusement triés sur le volet, de dessins tronqués et parfois de véritables falsifications, le bon docteur (Wertham), psychiatre de son état, tenta de démontrer par une argumentation spécieuse et une généralisation abusive que des comics "provenait tout le mal", ces comics coupables d'engendrer tous les péchés et tous les vices de la terre, y compris certains que l'on croyait disparus depuis la destruction de Sodome et Gomorrhe. »

Wertham s'était aperçu qu'en maison de correction les jeunes délinquants lisaient beaucoup de comic-books, et en avait tiré la conclusion suivante : les délinquants lisent des comic-books, *donc* la délinquance est provoquée par la lecture des comics. C'était inverser l'ordre des facteurs et je doute que le psychiatre soit parvenu à une conclusion similaire s'il avait découvert des élèves d'un institut de pédiatrie, par exemple, se passionnant pour la B-D. Mais Wertham avait ses certitudes et ses préjugés, écoutons-le : « Conseiller à un enfant de ne pas lire de comic-books ne peut réussir que si vous lui expliquez vos raisons. Par exemple, une enfant de dix ans, issue d'un milieu social cultivé, me demanda une fois pourquoi il était mauvais de lire *Wonder Woman* (des histoires de crimes que nous considérons parmi les plus dangereuses). Elle avait eu en main, chez elle, nombre de bons livres et je m'en servis pour lui faire comprendre ce qu'était une bonne histoire, un bon roman. "Supposons, lui dis-je, que tu prennes l'habitude de manger des sandwiches avec un assaisonnement très fort, des oignons, du poivre et de la moutarde très épicée. Tu perdras tout goût pour une simple tartine de pain beurrée et pour de la nourriture plus raffinée. Il en va de même quand on lit des comics "forts". Si, plus tard, tu veux lire un bon roman, il se peut qu'il décrive comment deux adolescents restent assis ensemble à regarder la pluie tomber. Ils parlent d'eux et le roman vous fait connaître leurs pensées intimes; c'est cela la littérature. Mais tu ne seras plus capable de l'apprécier si, comme dans les comics, tu t'attends à ce qu'un méchant apparaisse et les pousse par la fenêtre." Dans ce cas, la petite fille comprit et mon conseil porta. »

La qualité de l'argumentation était inexistante, mais le bon docteur devint vite très populaire auprès des parents car il les déchargeait de toute responsabilité dans l'éducation de leurs enfants. En cas de sottises, ce n'était jamais la faute des parents, uniquement celle des comics. Je n'exagère pas, écoutons Wertham s'adresser à la mère d'un jeune délinquant : « – Tout doit être ma faute, dit-elle. Je l'ai entendu dire dans des conférences, et le juge me l'a dit également. C'est la faute des parents quand un enfant se conduit mal. Peut-être quand il était très jeune...

» – Pas du tout, l'interrompis-je. Vous avez fait tout ce que vous pouviez. J'ai tout le dossier ici, et le gamin nous l'a confirmé. Mais l'influence d'un bon foyer est anéantie si elle n'est pas renforcée par les autres influences auxquelles l'enfant est soumis, celle des comic-books, des feuilletons policiers, etc. L'influence des adultes lutte contre tout cela; nous l'avons étudié, et nous savons reconnaître de bons parents quand nous en rencontrons. Aussi ne vous adressez pas de reproches; rien n'est votre faute.

» Elle sembla sortir du néant. Elle me remercia et se leva; à mi-chemin de la porte, elle se retourna lentement. "– Docteur, dit-elle à voix basse, excusez-moi de vous faire perdre votre temps, mais, s'il vous plaît, répétez-le-moi."

» Je la regardai sans comprendre.

» – Répétez-moi, dit-elle lentement et avec hésitation, répétez-moi que ce n'est pas ma faute.

» Ce que je fis. »

Conversation extraite de *Seduction of the Innocent* ! On comprend que les ligues bien-pensantes et les associations de parents d'élèves aient porté aux nues ce livre qui les délivrait de tout examen de conscience. Un coupable était clairement désigné : les comics. Un sous-comité du Sénat fut chargé d'enquêter sur le chef d'accusation suivant : les crimes et la violence illustrés dans les comic-books sont-ils une des principales causes de la délinquance juvénile ? De nombreux artistes et éditeurs furent entendus. Parmi eux William M. Gaines, le fondateur des EC Comics qui restent le fleuron du genre; il s'accrocha sérieusement avec Frederic Wertham, allant jusqu'à dire qu'il était aussi difficile d'expliquer au docteur l'excitation sans danger que provoquait la lecture d'un comic-book d'horreur chez des jeunes, que faire comprendre la sublimité de l'amour à une vieille fille frigide ! Plus sérieusement, ce fut Gaines qui prononça ces paroles de bon sens : « La vérité est que la délinquance est un produit de l'environnement réel dans lequel vivent les enfants, pas des histoires qu'ils lisent. » Mais personne ne l'écouta. Six mois plus tard, le Congrès autorisait la création du *Comics Code Authority*, une commission de censure qui émascula bientôt toute la bande dessinée américaine, celle des comic-books comme celle des journaux. Les *syndicates,* propriétaires et éditeurs des comic strips de la grande presse, n'étaient pas directement visés, ils ordonnèrent pourtant à leurs équipes de s'autocensurer; Burne Hogarth, le dessinateur de *Tarzan,* abandonna le métier. Plusieurs firmes importantes de comic-books arrêtèrent leurs publications.

Le parfum de l'invisible

La B-D américaine ne se releva jamais complètement de ce mauvais coup même si, depuis, elle a connu de nouvelles heures de gloire. Le charme était rompu. En revanche, la délinquance juvénile n'a jamais cessé d'augmenter, donnant raison, mais trop tard, à William M. Gaines.

Le Comics Code Authorithy entra en fonction en octobre 1954 et continue aujourd'hui encore à exercer son activité de censure. Les éditeurs doivent lui soumettre – avant parution – leurs publications et, si la commission les approuve, ils doivent faire figurer sur la couverture de leurs magazines un sceau portant la mention *« Approved by the Comics Code Authority »*. Pendant longtemps, ne pas obtenir l'approbation équivalait à une cessation de parution. Voici quelques-uns des trente-six articles du Code : « Questions générales A/6. Le bien doit toujours triompher du mal et les méchants être punis de leurs crimes. – A/3. Les policiers, les juges, les personnalités officielles et les institutions établies doivent être présentés de façon à inspirer le respect. – Costume/1. La nudité, même partielle, est interdite. Des illustrations suggestives ou salaces sont inacceptables. – Mariage et sexe/2. Les relations sexuelles illicites sont interdites et tout comportement sexuel anormal est inacceptable. – Questions générales B/6/h. Il est interdit de faire de la prise de drogue ou de narcotiques le sujet principal d'une histoire, même si elle est condamnée dans les dernières images. »

Nul ne mit en cause le Code jusqu'en 1970, quand Stan Lee, le scénariste des Marvel Comics, osa s'opposer à lui. Il le fit à travers le héros le plus populaire du moment : The Amazing Spider-Man. Le n° 96 (mai 1970) traitait du problème de la drogue. Le Comics Code Authority voulut sévir et convoqua les dirigeants de la Marvel. On apprit alors que cette histoire avait été publiée en accord – et à la demande – du ministère de la Santé, organisme autrement plus puissant que le Comics Code. D'autres éditeurs s'engouffrèrent dans cette brèche et, en 1989, une bonne partie de la production paraît sans le sceau d'approbation. Les comics américains ont partiellement retrouvé leur liberté.

*

Comment la B-D, bridée entre la loi de 1949 d'un côté de l'Atlantique et le Comics Code de l'autre, est-elle parvenue à un statut de reconnaissance officielle aujourd'hui ?

On enseigne la bande dessinée à la Sorbonne et une commission d'aide à la B-D siège au Centre National des Lettres ; quant au comic-book, il a fait l'objet d'une grande exposition en 1985 dans l'université d'État de l'Ohio. Mandrake aurait-il hypnotisé les adversaires du genre, ou The Shadow obscurci leur cerveau ? Non, deux ou trois faits isolés, plus simplement, furent à l'origine de ce revirement. Et, ce qui est plus intéressant, ces faits se produisirent en Italie et en France, et leur influence ne se fit sentir qu'ensuite aux États-Unis.

En février 1961, Carlo della Corte fit paraître I Fumetti, première étude sur la B-D à voir le jour en Europe. En juillet de la même année, la revue Fiction publia dans son numéro 92 un article de Pierre Strinati sur les illustrés d'avant-guerre, Robinson, Hurrah !, Junior, etc.

Cet article, pourtant incomplet, trouva un écho fantastique auprès de la génération des trente à quarante ans, à tel point que l'idée vint à l'un d'eux, le journaliste Francis Lacassin, de fonder un club d'amateurs. Son objectif était de permettre aux nostalgiques de se rencontrer, de confronter leurs collections, voire de réaliser quelques échanges. C'est ainsi que naquit, en mars 1962, le Club des Bandes Dessinées.

À ses débuts, le Club se contenta d'organiser quelques réunions amicales et fit réaliser des diapositives des planches de *Flash Gordon* dont la parution avait été interrompue en France le 16 juin 1940. Puis la conception du Club évolua et ses ambitions grandirent : Francis Lacassin voulut extraire la B-D de sa gangue de mépris. Il entreprit une campagne auprès de journalistes, s'adressa aux universitaires ; mais, avant tout, il changea le nom du Club. Plus tard, il écrira (in *Pour un 9e art, la Bande Dessinée,* Paris, 1971) : « C'est le souci d'affirmer la bande dessinée comme un Art graphique qui inspire en 1962 la fondation du CELEG (Centre d'Étude des Littératures d'Expression Graphique), par un groupe d'écrivains, d'artistes et de cinéastes. (...) Ces recherches ont contribué à laver la bande dessinée du discrédit qu'ont fait peser sur elle les campagnes nées de la loi du 16 juillet 1949, ont accéléré sa diversification thématique et lui ont permis de trouver enfin le public adulte qui, dès l'origine, aurait dû être le sien. »

L'année 1962 vit également la création de *Barbarella,* dans les pages du trimestriel *V-Magazine* : c'était la première B-D érotique française, due aux crayons de Jean-Claude Forest. L'éditeur de la revue, Georges H. Gallet, avait insisté pour que Forest dessine un Flash Gordon au féminin ressemblant à Brigitte Bardot. Le résultat dépassa toutes les espérances : avec *Barbarella,* la B-D française posséda enfin une œuvre strictement réservée à un public adulte. Humour, science-fiction et un soupçon de sexe, le cocktail était décapant et provoqua un beau « remue-méninges » dans le milieu frileux des petits Miquets. Beaucoup préférèrent se voiler la face, et on peut lire dans le catalogue de l'exposition *Bande dessinée et Figuration narrative* : « Le fracas mené autour du *Barbarella* de Jean-Claude Forest ne doit pas dissimuler ses faiblesses. Merveilleux illustrateur de couvertures, Forest ne s'est pas

Buck Rogers © National Newspaper Syndicate

adapté à la bande dessinée. » Les jeunes, eux, ne s'y trompèrent pas et comprirent qu'à côté de *Tintin* ou *Pif le Chien* une nouvelle forme de B-D allait voir le jour, une B-D qui ne serait plus exclusivement réservée aux enfants.

Peu après, Jean Boullet, personnage très parisien, illustrateur et homme de théâtre, eut la fantaisie d'ouvrir une librairie, le Kiosque, consacrée uniquement aux albums, fascicules et hebdomadaires de B-D. Tous les journaux s'en firent l'écho. Il fut bientôt de bon ton de s'intéresser aux comics tout comme il avait été très « in » de lire la Série Noire dans les années cinquante. Le Kiosque devint le rendez-vous des fans de la B-D, mais aussi un des lieux de rencontre favoris de l'intelligentsia parisienne dont l'engouement passager, pour une fois, se révéla utile. Les radios, la télévision, les mensuels, les hebdomadaires et les quotidiens, tout le monde découvrit la bande dessinée qui de chienne galeuse devint sujet d'émerveillement.

Par ailleurs, la notoriété du CELEG avait grandi avec le nombre de ses adhérents, plus de trois mille. Une première

17

constatation s'imposait : les anciens lecteurs passionnés de comics n'étaient nullement devenus les ratés ou les délinquants qu'auguraient enseignants et psychiatres, bien au contraire, diplômes et situations étaient là pour en attester. Pas davantage n'avaient-ils été la génération de « nazis » et pervers sexuels annoncée par Legman, Wertham et autres. En fin de compte, il fallait bien se ranger au point de vue de l'humoriste américain Jules Feiffer qui, dans son livre *The Great Comic Book Heroes* (New York, 1965), écrivait à propos des magazines interdits par le Comics Code : « Ces comic-books sont maintenant considérés par un nombre de plus en plus élevé d'hommes de mon âge comme des exemples de l'innocence de notre jeunesse et non comme des preuves de sa corruption. »

Les événements vont alors s'accélérer : le Club créa la première revue au monde d'études sur la B-D, le *Giff-Wiff,* en juillet 1962 ; deux ans plus tard il décida d'organiser un congrès mondial. En juin 1964, le cinéaste Alain Resnais, vice-président du Club, partit aux États-Unis pour convaincre des dessinateurs américains de participer à ce congrès. L'Italie, où le nombre de bédéphiles avait beaucoup augmenté depuis la parution de *I Fumetti,* se mobilisa et apporta son soutien. Ce fut finalement le 5 février 1965 que se tint à Bordighera, en Italie, le premier Congrès international de la B-D, accompagné d'une importante exposition.

La bête est morte

© Calvo/Futuropolis

18

Cependant un schisme s'était produit au CELEG et, en novembre 1964, cinq dissidents créèrent la Socerlid, société civile dont la première action fut d'organiser, en septembre 1965, l'exposition « 10 000 000 d'images » à la galerie de la Société de photographie. Elle fut suivie d'une autre, beaucoup plus importante, au musée des Arts décoratifs en 1967, dont le grand retentissement contribua à faire admettre que la bande dessinée pouvait être un art. Ils poursuivirent ensuite leur action dans les pages de la revue *Phénix*. Cette même année 1967 vit paraître une anthologie *Planète* consacrée à la B-D; si l'on se souvient que le directeur de cette série d'anthologies n'était autre que Louis Pauwels, on mesure mieux le chemin parcouru par certains intellectuels !

En juin 1968, je publiai *L'enfer des bulles* aux éditions Jean-Jacques Pauvert. J'avais présenté à l'éditeur un ouvrage intitulé *L'érotisme dans la bande dessinée*; Pauvert, craignant les foudres d'une censure toujours vigilante, décida de le « traduire ». C'est ainsi que le mot « érotisme » devint « enfer », allusion à ce département de la Bibliothèque nationale où sont conservés les écrits licencieux. Encore fallait-il trouver un synonyme de B-D. Pauvert me demanda alors comment se nommaient les petits cercles où s'inscrivaient les paroles des personnages. « Des phylactères, lui dis-je, mais tout le monde parle de ballons. En Amérique, on dit aussi balloons, en Italie fumetti, des fumées. » Ces termes ne plurent pas à mon éditeur qui décida d'employer « bulle ». « Mais personne n'utilise ce mot. » « Eh bien, désormais, on le fera », me répondit-il, souverain. Il ne croyait pas si bien dire. Hormis ce détail, ce livre eut le mérite de révéler au public français le monde des comic-books qui était encore presque inconnu. On apprit ainsi que Barbarella, loin d'avoir été la première héroïne de science-fiction peu vêtue, avait été précédée par plusieurs dizaines de filles de l'espace aux mœurs tout aussi libres, aux costumes tout aussi légers. Que d'innombrables Tarzannes se balançaient de liane en liane à l'imitation du Seigneur de la jungle; ou que bien des super-héroïnes étaient dotées d'autant de pouvoirs que leurs compagnons mâles. En 1971, je complétai ce livre par *Les filles de papier,* un ouvrage de dimensions plus modestes, dominé par les belles Italiennes.

En 1971, Maurice Horn (un ancien du CELEG et de la Socerlid) organisa au New York Cultural Center l'exposition « 75 years of the Comics » qui contribua à la reconnaissance du genre outre-Atlantique. Il publia ensuite, en 1977, *The World Encyclopedia of Comics,* ouvrage qui, bien qu'incomplet car il prétend traiter de toute la bande dessinée mondiale, n'a pas encore été égalé. La même année l'Université française admettait officiellement la B-D en son sein : l'Institut d'art et archéologie de la Sorbonne incluait à son programme un cours sur l'histoire et l'esthétique de la bande dessinée, confié à Francis Lacassin. Ce cours existe encore aujourd'hui.

*

À l'origine de cette reconnaissance de la B-D, des collectionneurs, des nostalgiques qui cherchaient à retrouver les lectures de leur enfance. Grâce à eux, dessinateurs et scénaristes ont compris qu'ils étaient des artistes à part entière et non d'anonymes tâcherons; songez que Lee Falk se cacha pendant trente ans pour écrire les textes de *Mandrake* et *The Phantom,* tant il jugeait cette activité honteuse ! Grâce à l'action de ces amateurs, les pédagogues ont oublié leurs préventions contre une forme de lecture qu'ils méprisaient, et l'Université l'a intégrée à ses cursus. Grâce à la détermination de cette poignée de passionnés qui n'a pas craint d'avouer son amour des petits Miquets, les donneurs de leçons et les pères-la-pudeur se sont tus; des gens qui condamnaient sans avoir rien compris.

Je dis bien, rien compris, et je le prouve. Donnons une dernière fois la parole au Dr Frederic Wertham dans une page restée célèbre de *Seduction of the Innocent* : « J'ai connu nombre d'adultes qui ont chéri toute leur vie les livres qu'ils avaient lus pendant leur enfance. Je n'ai jamais rencontré un adulte ou un adolescent ayant dépassé l'âge où on lit des comic-books qui envisagerait même un instant de garder un seul de ces magazines pour un motif sentimental ou quelque autre raison. »

Aujourd'hui, nombre de comics des années quarante valent plus que leur poids en or tant ils sont recherchés ! Quant à leur valeur sentimentale...

« *You, blockhead* », comme dirait Charlie Brown.

Sambre

THE YELLOW KID TAKES A HAND AT GOLF.

LES COMIC STRIPS

1. LES DÉBUTS (1896-1927)

Que l'on examine les personnages (Tintin, Phantom Lady) ou les albums *(La femme piège)* les plus célèbres, et aussitôt l'on s'interroge : qui privilégier, l'auteur ou son héros, l'auteur ou sa création ? En peinture, il paraîtrait stupide de poser une telle question, c'est l'artiste qui est important et non le sujet représenté. Dans les littératures populaires, il n'en va pas de même : Sherlock Holmes, Arsène Lupin, Tarzan, Conan the Barbarian, James Bond, Fantômas n'ont-ils pas échappé à leur créateur ? Or, la bande dessinée est une forme de littérature populaire et pratiquer une « stricte politique des auteurs », comme le prétendait un ouvrage publié en France il y a quelques années, semble impossible. Naturellement pour Tintin, Connie, ou Watchmen, dont le dessinateur est unique, la solution est simple; pour Spirou on hésite déjà, mais quel est l'auteur de Batman ? Qui choisir de Bob Kane, Neal Adams, Frank Miller, Berni Wrightson ou tant d'autres artistes de talent qui ont illustré le *caped crusader* ? La cause me semble entendue, le mythe l'emporte sur la réalité, et les personnages sur les artistes qui leur ont prêté vie. Batman est plus grand que la somme de ses illustrateurs.

Venons-en à la question des dates. Certes, il y a eu les fresques pharaoniques, la tapisserie de Bayeux, et autres récits en images; rien à voir avec les petits Miquets. Candidats plus sérieux, *Max und Moritz* de Wilhelm Busch (Allemagne, vers 1860) qui servira de modèle aux *Katzies,* puis *La famille Fenouillard* de Christophe qui date de 1889. Mais ces deux séries n'avaient pas cette particularité essentielle de la B-D, le ballon par lequel les personnages s'expriment. Le texte restait sagement sous l'image, il la complétait et n'en faisait pas encore partie. Il faut attendre la fin du siècle dernier pour voir apparaître deux séries aux États-Unis dont vont découler tous les comics modernes, *The Yellow Kid* et *The Katzenjammer Kids*.

Hogan's Alley, un grand dessin en couleurs grouillant de personnages, parut pour la première fois dans le supplément dominical d'un quotidien américain le 5 mai 1895. Parmi les personnages, R.F. Outcault avait dessiné un gamin chauve, vêtu d'une chemise de nuit bleue qui devint jaune én janvier de l'année suivante. En effet, le chef de fabrication du journal avait des ennuis avec la couleur jaune qui bavait, et voulait procéder à des essais. Les paroles du gamin étaient inscrites sur sa chemise de nuit, mais des bulles sortaient de la bouche d'autres personnages. L'enfant vêtu de jaune devint bientôt populaire et son auteur fut engagé par le magnat de la presse William Randolph Hearst (l'homme qui servit de modèle à *Citizen Kane*) à partir du mois de mai 1896; cette fois la planche dominicale s'intitulait *The Yellow Kid*. Poussé par Hearst, Outcault la découpa en plusieurs dessins : on se dirigeait vers la B-D telle que nous la connaissons aujourd'hui. Mais, dès 1898, R.F. Outcault abandonnait sa création dont la tonalité agressive et vulgaire ne lui convenait pas. Plus tard, en 1902, il réapparut avec *Buster Brown,* une bande comique à caractère moralisateur qui mettait en scène un petit garçon, Buster, et son chien Tige, au sein d'une famille aisée. *Buster Brown* fut la première bande américaine à atteindre l'Europe.

The Yellow Kid précéda *The Katzenjammer Kids,* mais les *Katzies,* comme on les nomme familièrement, furent véritablement la première B-D digne de ce nom. Son influence sur le genre fut considérable puisque, née le 12 décembre 1897, elle paraît encore aujourd'hui ! On la connaît en France sous le nom de *Pim, Pam, Poum.* D'origine allemande, le dessinateur Rudolph Dirks avait émigré aux États-Unis; un journal lui proposa de créer une série de gags inspirés de *Max und Moritz.* Ce furent les premières planches des *Katzenjammer Kids.* Très vite, le dessin évolua, les ballons apparurent et le gag unique se subdivisa en une véritable B-D narrative : le genre était né. Les héros de la série sont deux affreux chenapans, Hans et Fritz (Pam et Poum), leur mère Mama Katzenjammer (Tante Pim), un ancien marin que la bonne cuisine de la mama a retenu, der Captain (le capitaine), et une

24

sorte d'inspecteur de l'enseignement, der Inspector (l'astronome). Tous ces personnages parlent un mélange d'allemand et d'anglais qui rend la lecture de la bande difficile si l'on ne connaît pas les deux langues; par exemple, la Mama nomme toujours ses petits anges Hans et Fritz « *die liddle anchels* » pour « *the little angels* ». Tout cet aspect de la bande a été supprimé en français sauf avant-guerre dans *Junior,* où on leur avait donné l'accent auvergnat ! Enfin, précisons que l'action se déroule dans une petite île proche, semble-t-il, de la côte sud-africaine.

En 1912, un procès opposa Dirks à son patron Hearst. Le dessinateur avait voulu prendre une année sabbatique et, de plus, avait reçu des propositions plus intéressantes d'un autre journal. Le procès fut long, il accorda à Hearst le titre et le droit de faire poursuivre la bande par un nouveau dessinateur, Dirks conservant la possibilité d'utiliser ses personnages. La nouvelle série s'intitula *Hans and Fritz,* puis *The Captain and the Kids.* Pendant les premières années, les *Katzies* furent véritablement d'horribles garnements en rébellion ouverte contre l'autorité des adultes et par là même contre toute la société. « Ni

25

Dieu ni maître », semblait être la devise de Hans et Fritz, ou pour employer leur sabir : « *society iss nix* ». Plus tard, l'esprit dévastateur des débuts s'édulcora, et l'aventure, la science-fiction même, firent leur apparition. À partir de 1958 John Dirks, le fils de Rudolph, qui assistait son père depuis plusieurs années déjà, poursuivit seul la bande.

Mais revenons en arrière : à l'issue du procès, Hearst engagea un nouveau dessinateur, Harold Knerr, lui aussi d'origine allemande, et *The Katzenjammer Kids* reparut à partir de 1914. Une sorte de miracle eut alors lieu, Knerr égala Dirks, d'aucuns prétendent même qu'il le surpassa. Hans et Fritz devinrent un peu plus espiègles, un peu moins affreux peut-être, les adultes restèrent égaux à eux-mêmes, mais surtout Knerr ajouta trois excellents personnages à la bande : une petite fille prétentieuse, Lena, sa gouvernante anglaise, miss Twiddle (miss Ross) et un gamin insupportable de fatuité et de méchanceté, Rollo (Adolph). N'oublions pas aussi les apparitions du Giff-Wiff, cet animal fantastique qui ne se nourrit que de perles ou, à défaut, de tapioca, et qui donna son nom à la revue du Club des Bandes Dessinées.

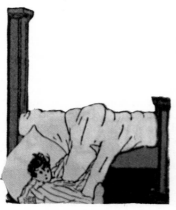

Le 15 octobre 1905 vit les débuts de la plus somptueuse bande onirique de toute l'histoire de la B-D : *Little Nemo in Slumberland,* de Winsor McCay. Le thème en est simple et récurrent, tous les soirs un petit garçon, Nemo, se retrouve en rêve au Pays du Sommeil où l'a appelé une mystérieuse princesse. Là, il vit une aventure cauchemardesque, souvent à la limite du non-sens, puis il se réveille en tombant du lit. Sur cette trame banale Winsor McCay a brodé des variations infinies de 1905 à 1914 d'abord, puis de 1924 à 1927. Toutes les nuits Nemo retrouvait ses amis oniriques, Impy le négrillon cannibale, et Flip, le nain vert. Les hardiesses graphiques de McCay sont ahurissantes pour l'époque, il mélange avec bonheur le baroque et l'art moderne. Little Nemo est un univers à lui tout seul. La publicité s'en inspire encore aujourd'hui (blue-jeans Lee Cooper ou clips Kodak), sans oublier la chute symbolique.

Citons encore, pour mémoire, *Mutt and Jeff* de Bud Fisher, qui parut d'abord dans un quotidien sous le titre *Mr A. Mutt Starts in to Play the Races*. La bande débuta le 15 novembre 1907 et se poursuivit les jours suivants. Le *daily strip* était né. Mutt, un dingue des courses de chevaux, un perdant-né, rencontra un jour dans un asile d'aliénés un petit homme qui se prenait pour le boxeur Jeffries. Et voilà Jeff. Un procès ne tarda pas à opposer Fisher au tout-puissant Hearst, mais cette fois le dessinateur gagna car il avait réussi à assigner le copyright de la bande à son nom, un cas unique à l'époque. Le strip se poursuivit alors sous le titre *Mutt and Jeff,* et devint un des comics favoris du public américain. J'avoue être plus réservé. Mutt avait un fils, Cicero, qui possédait une chatte nommée Esmeralda, et la planche en couleurs du dimanche présenta plus tard (fin 1933) une bande complémentaire muette, *Cicero's Cat* (mal traduit par *Le chat Cicéron*), dessinée par Al Smith, l'assistant et le successeur de Fisher.

© Windsor McCay

D'aucuns tiennent *Krazy Kat* pour la meilleure B-D de tous les temps. C'est une opinion soutenable encore que je ne la partage pas, néanmoins l'œuvre de George Herriman reste une des plus originales du genre. Hearst était un tyran, mais il n'avait pas mauvais goût; en 1910, il confia à Herriman une bande quotidienne, *Dingbat Family*. L'auteur y introduisit un chat, un chien, puis une souris. Ces personnages eurent un tel succès qu'ils figurèrent bientôt dans des cases à part, tantôt sous le titre *Krazy Kat and Ignatz,* tantôt dans *Dingbat Family*. C'est seulement à partir du 28 octobre 1913 qu'une bande quotidienne parut sous le titre *Krazy Kat*. La planche du dimanche en couleurs suivit en avril 1916. Ce fut la première bande comique intellectuelle, très en avance sur son époque. Krazy Kat est une chatte (?) follement amoureuse d'Ignatz, une souris mâle qui, pour se débarrasser d'elle, lui jette des briques. Sur ce thème immuable l'auteur sait exploiter toutes les ressources d'un délire graphique très étudié. Il s'agit déjà d'une B-D de *nonsense* comme il en existe tant aujourd'hui, mais qui était alors assez déroutante.

Il semble qu'au départ Herriman ait voulu reprendre une situation classique, celle du chat (la force) et de la souris (la faiblesse), mais en l'inversant. Dès les premières bandes, Ignatz a l'audace de jeter une brique à l'animal qui devrait être son plus mortel ennemi; or, celui-ci ne réagit pas. C'est le chat qui est en réalité un être faible, sans défense. L'auteur joue en plus sur l'ambiguïté du sexe de Krazy Kat qui est le plus souvent femelle (ainsi elle parle à ses enfants en se désignant sous le terme *mother*), mais parfois aussi mâle. Ceci contribue à rendre ses réactions totalement démentes. « *What a Krazy Kat !* » s'exclame souvent Ignatz. La bande enthousiasma les intellectuels, mais lassa vite le grand public. Herriman dut à la faveur personnelle de Hearst de pouvoir la poursuivre jusqu'à sa mort, en 1944. Ce qui prouve au moins une chose : même Hearst ne pouvait être complètement mauvais puisqu'il aimait *Krazy Kat*.

George McManus était un *cartoonist* connu lorsqu'il créa en 1913 la bande quotidienne *Bringing Up Father (La famille Illico)*. La série ne parut régulièrement qu'à partir de 1916 et la première planche du dimanche en couleurs date du 14 avril 1918. Le thème est simple : Jiggs (Illico), un pauvre maçon, est devenu millionnaire (en dollars non dévalués) en gagnant au *sweepstake*. Depuis, sa femme, Maggie (Bébelle), une ancienne blanchisseuse, se prend pour une grande dame et avec l'aide de leur fille tente d'*élever* Jiggs (d'où le titre *bringing up*) dans l'échelle sociale. Mais Jiggs, lui, ne rêve que de retrouver ses vieux copains à la taverne irlandaise de Dinty Moore. Sur ce canevas, c'est à une véritable critique

sociale que se livrait McManus. Quant au dessin, c'est un des chefs-d'œuvre de ce qu'on pourrait déjà appeler la « ligne claire », très fouillé malgré son apparente simplicité. Il suffit de regarder l'expression des visages, l'évolution des vêtements en fonction de la mode, ou les petits personnages qui tentent d'échapper aux cadres accrochés aux murs, pour se rendre compte du souci de détail de l'auteur. Les successeurs de McManus, mort en 1954, n'ont malheureusement pas su égaler leur modèle.

Une particularité de *Bringing Up Father,* qui provoqua un véritable scandale, a été rapportée par Hubert H. Crawford dans son *Encyclopedia of Comic Books.* Voici pourquoi on surnomma cette bande « le comic strip de Wall Street » : « Quelques initiés savaient qu'entre le texte des ballons et les dessins existait un code secret qui annonçait à l'avance les mouvements d'actions importants à la Bourse. La vérité fut révélée le 15 septembre 1948 quand le bureau du procureur de l'État de New York, après une enquête de dix ans, réussit à déchiffrer le code qu'on soupçonnait d'exister entre *Bringing Up Father* et la Bourse. F.N. Goldsmith, alors le principal agent de change du pays, fut traduit en justice, c'est lui qui s'était servi de la B-D pour manipuler certaines transactions

30

en faveur des investissements de ses clients. » Voici un exemple de phrase codée donné par Crawford. Maggie a emmené son mari voir une mauvaise pièce de théâtre et Jiggs déclare : « *The intermissions are the only good things about this show* » (Tout ce qu'il y a de bien dans cette pièce, ce sont les entractes). Les initiés traduisaient : « *Mission Oil Stock is the only good thing to invest tomorrow* » (Tout ce qu'il y a de bien à acheter demain, ce sont les actions des pétroles Mission). McManus fut inquiété, mais put prouver qu'il n'avait aucun lien avec la firme de l'agent de change; il n'était pas l'auteur de tous les textes de la bande et sa bonne foi avait été abusée. Il mourut néanmoins millionnaire, ce qui n'a pas été donné à tous les dessinateurs de comics !

En décembre 1919, notons simplement la parution de *Thimble Theater* de Segar, dans un dès journaux de Hearst. Nous en parlerons plus longuement, quand, en janvier 1929, un certain marin borgne, Popeye, y fera son apparition.

Winnie Winkle, the Bread Winner est une bande inconnue et très célèbre en France ! Vous avez bien lu, inconnue et très célèbre. Winnie fut créée en septembre 1920 par Martin Branner; elle représentait la jeune fille moderne (pour l'époque) qui devait « gagner son pain » *(bread winner)* pour vivre. Le strip racontait ses aventures quotidiennes, sentimentales ou humoristiques. Winnie se maria en 1937 puis son mari, devenu gênant pour l'intérêt du récit, disparut. La bande poursuit sa carrière aujourd'hui encore, dessinée par Frank Bolle, mais n'a jamais été publiée en France. Toutefois, à partir d'avril 1922, Winnie laissa la page du dimanche à son jeune frère adoptif, Perry. Le gamin y faisait des farces avec sa bande

de copains, les Rinkey-dinks. Dès 1924, ces pages en couleurs parurent en France sous le titre *Bicot*, sa grande sœur Winnie devenant Suzy; quant aux copains, ils étaient rebaptisés les Ran-tan-plan. Depuis Perry a grandi, s'est marié puis a disparu du strip dans les années quarante.

Premier personnage à être passé de l'écran à la B-D, voici maintenant *Felix the Cat*. Le premier dessin animé de Felix date de 1919, il était l'œuvre de Pat Sullivan assisté de Otto Messmer. Devant son succès, le *King Features Syndicate* proposa à Sullivan de réaliser une version B-D de son personnage (quelques strips étaient parus en Angleterre dès 1921). La première planche en couleurs fut publiée le dimanche 14 août 1923, la bande quotidienne ne débuta qu'en mai 1927. Les deux étaient signées Pat Sullivan, mais il semble bien que le cartoonist

australien n'ait jamais dessiné un seul Felix lui-même. Le véritable auteur de la bande était Otto Messmer. *Felix the Cat* n'est pas seulement le premier héros de dessin animé à avoir eu son comic strip, il est aussi le premier à avoir connu une version sonore (1927) et le premier à être programmé à la télévision lors de l'émission expérimentale de la NBC en 1930. Pour moi, les premiers *Felix* sont aussi géniaux que les *Krazy Kat,* ce qui démontre une fois de plus que les chats inspirent les artistes. Tout comme *Krazy, Felix* a été une bande de l'absurde, une bande où les trouvailles à la fois graphiques et irrationnelles vous laissent béat d'admiration. Quelques exemples : Felix a besoin d'atteindre une fenêtre haut placée, « Ha, Ha », ricane-t-il et il met les « H » bout à bout pour fabriquer une échelle. Précipité à terre d'une grande hauteur, il souffle les lettres d'une bulle, la gonfle et la transforme en ballon pour atteindre le sol sain et sauf; ou encore, il retire sa queue et s'en sert comme d'un gourdin. Les exemples abondent, tant l'invention de Messmer est grande. Les aventures de Felix au pays des contes de la Mère l'Oie, son exploration du pôle Sud ou son voyage dans le système solaire restent de grands moments de la bande dessinée.

Le 5 août 1924 vit le début d'un des comic strips les plus célèbres aux États-Unis, *Little Orphan Annie* de Harold Gray. Cette B-D larmoyante et réactionnaire raconte les aventures d'une petite orpheline, Annie, et de son chien, Sandy, en proie à toutes les misères du monde. Le ciel prévoyant les fait protéger par un riche capitaliste, Daddy Warbucks (un marchand d'armes), symbole de l'Amérique généreuse et triomphante. Il serait injuste de ne pas noter la qualité des scénarios, mais j'avoue n'avoir jamais réussi à apprécier tous ces personnages aux yeux désespérément vides.

Nous arrivons à une héroïne charnière, Connie, qui a débuté par des aventures gentiment humoristiques pour se transformer du jour au lendemain en personnage de science-fiction. *Connie* (*Diane détective, Cora,* etc.) vit le jour en 1927 sous la plume de Frank Godwin. Elle se nommait Constance Kurridge, vivait dans une famille aisée, et passait son temps entre sa modiste, ses flirts, des pique-niques et quelques œuvres de charité.

En somme, une jeune fille charmante, sans histoire(s) et un peu sosotte. Puis la dépression de 1929 vint et elle prit conscience de la pauvreté qui l'entourait; elle décida alors de travailler... comme détective ! Qui plus est, elle fit bientôt connaissance d'une femme, le Dr Alden, et de son fils, Hugh, qui l'emmenèrent faire le tour du système solaire. L'aventure dura deux ans et est une des meilleures histoires de science-fiction jamais réalisées en B-D. La rupture fut aussi brutale dans les planches en couleurs. Connie passait de gentils dimanches à la campagne; en août 1936, son voisin, un certain Dr Chronos, lui proposa brutalement de l'envoyer dans le futur. « Mais bien sûr », répondit-elle poliment (Connie était une jeune fille très comme il faut) et, le dimanche suivant, elle se retrouva commandant en chef d'une escadre d'astronefs dans une guerre interplanétaire dont elle ignorait tout !
Il est dommage que Frank Godwin ait abandonné ce personnage en 1944, c'était un des mieux dessinés et des plus intelligents de la B-D d'avant-guerre.

Tim Tyler's Luck, de Lyman Young, fut très populaire en France aussi bien sous le nom de *Raoul et Gaston,* que sous celui de *Richard le téméraire.* Le daily strip débuta en août 1928 et la planche du dimanche en juillet 1931. Débuts un peu hésitants, puis cette bande d'aventures trouva son rythme après l'engagement de Tim Tyler et de son compagnon Spud dans la Patrouille de l'Ivoire en Afrique. Beaux paysages, animaux exotiques, jeunes gens en uniforme, c'est toute une époque coloniale qui est illustrée là. La bande présente un intérêt anecdotique : Lyman Young utilisait fréquemment des *ghosts* (en littérature des « nègres ») qui dessinaient le strip à sa place. Mais pas n'importe qui : Burne Hogarth, Charles Flanders et Alex Raymond y collaborèrent à leurs débuts ! On croit savoir que les planches du dimanche de 1932 et 1933 sont entièrement de la main de Raymond. Lyman Young savait choisir ses « fantômes » *(ghosts)*...

Nous terminerons cette première période du comic strip par une autre héroïne de charme, Dixie Dugan (ou plutôt *du* charme pour Connie et *des* charmes pour Dixie). Le strip fut créé en octobre 1929 sous le titre *Show Girl,* scénario de J.-P. McEvoy, dessins de John H. Strieble. Ce titre et son aspect sexy (Dixie ressemblait alors à l'actrice Louise Brooks) furent rapidement abandonnés. En peu d'années, *Dixie Dugan* devint une des bandes réalistes les plus populaires des États-Unis. Coulton Waugh la décrit comme « un mélange de rouge à lèvres et de cœur ».

2. L'ÂGE D'OR (1929-1938)

Cette période est celle d'une véritable explosion de la B-D outre-Atlantique. Toutes les grandes bandes d'aventures (S-F, policier, western, jungle, préhistoire, fantastique, etc.) font leur apparition. *Tarzan, Popeye, Dick Tracy, Flash Gordon, Mandrake the Magician, Li'l Abner, Terry and the Pirates, Prince Valiant,* pour ne citer qu'elles, se succèdent en quelques années à peine. Une nouvelle génération de jeunes dessinateurs qui, pendant les trente premières années du siècle, a été nourrie de comic strips prend la relève. Elle va bouleverser le genre.

En ouvrant leur quotidien du 7 janvier 1929, les lecteurs eurent la surprise de découvrir deux nouvelles bandes, *Buck Rogers in the Year 2429 A.D.* et *Tarzan of the Apes.* Les habitués des pulps, revues populaires bon marché, n'étaient pas dépaysés car ces deux personnages y avaient été créés quelques années plus tôt. C'est dans les pages de la première revue de science-fiction, *Amazing Stories,* qu'était parue, une décennie auparavant, une longue nouvelle de Phil Nolan, *Armaggedon 2419 A.D.* ; le strip était adapté par Nolan lui-même et dessiné par le Lt Dick Calkins. Le thème est aujourd'hui archiconnu grâce à de nombreuses adaptations au cinéma et à la TV. Buck Rogers, un homme de notre temps, se réveille cinq cents ans dans le futur, et découvre une Amérique tombée aux mains d'envahisseurs jaunes, les Mongols. Aidé d'une jolie fille court vêtue, Wilma Deering, il organise la résistance et parvient à libérer le pays. Mais bientôt des pirates venus de l'espace apparaissent et l'aventure continue. La planche du dimanche commença un an après, en mars 1930; quoique signée Dick Calkins, elle fut toujours dessinée par d'autres que lui (Rick Yager, etc.) et Buck Rogers n'y figurait pas. Cette planche racontait les aventures du frère de Wilma et d'une belle princesse venue de Mars. Plus tard, le titre de la bande devint *Buck Rogers in the 25th Century.* Ce comics garde un charme désuet grâce aux dessins vieillots de Dick Calkins; l'artiste imitait Paul, l'illustrateur d'*Amazing Stories* qui, lui-même, s'inspirait des gravures du XIXe siècle !

© ERB Inc.

En 1929, Tarzan était déjà un personnage connu, popularisé par le cinéma, même si la série des Johnny Weissmuller, qui allait avoir un énorme succès à partir de 1934, n'existait pas encore. Hal Foster mit en images le premier roman de Edgar Rice Burroughs, *Tarzan of the Apes*. Le succès fut tel qu'on décida d'adapter le second livre de la série, mais Foster, pris par d'autres engagements, laissa la place à Rex Maxon. La première planche en couleurs parut le 15 mars 1931, également dessinée par Maxon. Le résultat était médiocre et les éditeurs rappelèrent Hal Foster dès le mois de septembre de la même année, Maxon conservant le strip quotidien. Dès lors, et jusqu'en 1937, Foster illustra chaque dimanche de magnifiques épisodes de la vie du Seigneur de la jungle. En mai 1937, Foster abandonna la bande pour créer *Prince Valiant* et Burne Hogarth lui succéda. Il donna une version plus athlétique, mais surtout plus dramatique du personnage. Aux États-Unis, on ne reconnaît guère que Foster, en France on a tendance à porter Hogarth aux nues; à mon sens, les deux sont différents, mais également remarquables. Après 1950, plusieurs dessinateurs se succédèrent et il fallut attendre 1967 pour retrouver un artiste de qualité, Russ Manning, qui continue *Tarzan* aujourd'hui. Manning avait d'abord illustré le personnage en comic-book (remarquablement) et se vit confier successivement le *daily strip* puis la planche du dimanche. La saga de Tarzan est loin d'être terminée.

Thimble Theater d'Ernie Crisler Segar avait débuté en décembre 1919. Les planches en couleurs commencèrent en avril 1925. Au départ il s'agissait de gags indépendants les uns des autres, mais mettant en scène les mêmes personnages parmi lesquels une jeune première particulièrement laide, miss Olive Oyl. Puis la bande se transforma en série suivie. C'est alors que le 17 janvier 1929 apparut Popeye, marin borgne, quasi illettré et doué d'une force colossale dans les avant-bras (les biceps, eux, sont atro-

phiés !). Le personnage, qui estropiait aussi bien les mots que les gens, rencontra immédiatement l'adhésion du public et ne quitta plus le devant de la scène du « théâtre du dé à coudre » de Segar. Olive devint bientôt sa bien-aimée, puis d'autres personnages extraordinaires firent leur apparition : Swee'pea (Mimosa), le fils adoptif de Popeye, le Jeep (Pilou-Pilou), un animal fantastique, J. Wellington Wimpy (Gontran), le glouton dévoreur de hamburgers qui a donné son nom à une chaîne de restaurants, enfin Poopdeck Papy (Popa Popeye), vieillard âgé de quatre-vingt-dix-neuf ans et grand coureur de jupon. On sait que Popeye mangeait des épinards pour accroître sa force, son succès fit augmenter les ventes de ce légume alors même qu'on était dans la grande dépression. À partir de 1932, Max Fleisher adapta le personnage à l'écran et d'innombrables dessins animés de Popeye furent réalisés. L'épisode de Popeye contre la Sea Hag (sorcière des mers) reste un grand moment de la B-D.

Après *Felix the Cat*, il était normal que *Mickey Mouse* ait droit à sa bande dessinée. C'est chose faite à partir du 13 janvier 1930. Le strip était signé par Walt Disney et réalisé par des dessinateurs de son studio, tout d'abord Ub Iwerks et Win Smith, puis Floyd Gottfredson. Il ne s'agissait pas d'une bande comique, comme on aurait pu s'y attendre, mais d'un récit d'aventures. Mickey Mouse, malgré sa faiblesse physique, y jouait le rôle du héros intrépide. Ses batailles contre ses deux ennemis intimes Pegleg Pete (Pat Hibulaire) et Sylvester Shyster (Chicaneau) se laissent encore lire avec plaisir. Puis vint la vogue de Donald Duck, le canard rageur, et Mickey fut relégué au second plan. Il s'embourgeoisa alors entre Minnie, son éternelle fiancée dont l'âge n'avait pas amélioré

le caractère, et ses chenapans de neveux. Pour l'infatigable souriceau, le temps des aventures était terminé : Mickey Mouse allait devenir une bande comique. Mais Mickey reste un héros d'aventures en Europe grâce à des bandes fabriquées sur place (en Italie surtout, et en France). *Donald Duck,* lui, eut son propre strip à partir d'août 1936 dessiné par Al Taliaferro.

Blondie est un comics célèbre dans le monde entier, il a été porté plus de deux douzaines de fois au cinéma (!), a été adapté à la télévision. Créé le 15 septembre 1930 par Chic Young (le frère de Lyman Young, auteur de *Tim Tyler's Luck*), le strip raconte la romance d'un garçon fortuné, Dagwood Bumstead (Dagobert), avec une jeune écervelée, Blondie Boopadoop. Celle-ci n'appartient pas

à la haute société et lorsque Dagwood l'épouse, le 17 février 1933, il est déshérité par son père. Il doit alors travailler pour faire vivre sa femme et, plus tard, ses enfants et leur chienne. La bande illustre alors ces mille petits épisodes de la vie quotidienne que nous connaissons aujourd'hui, Blondie devenant l'incarnation de la femme américaine idéale, sérieuse, proprette et chef de famille incontesté. La bande est continuée

aujourd'hui par Dean Young, le fils de Chic, et Stan Drake, l'auteur de *The Heart of Juliet Jones*.

Avec *Dick Tracy,* de Chester Gould, nous arrivons au meilleur comic strip policier. Il débuta le dimanche 4 octobre 1931, et la bande quotidienne suivit le 12 du même mois. *Dick Tracy* est une série réaliste, dure, humaine, d'une violence parfois insoutenable. L'esthétique de Chester Gould peut surprendre au premier abord, mais elle se montre remarquablement efficace et adaptée au sujet. Agrandis, certains dessins acquièrent une curieuse beauté due principalement à l'opposition brutale entre les blancs et les noirs. Cas unique, les histoires se poursuivent en continuité entre les bandes quotidiennes et les planches du dimanche, mais le récit reste compréhensible pour le lecteur qui ne lirait que les unes ou les autres. À côté

41

de Dick, on trouve Tess Truehart, qui devint sa fiancée puis sa femme en 1949, leur fils adoptif, Junior, son patron, Chief Brandon. Plus récemment, en 1963, une jeune et belle extraterrestre, Moongirl, épousa Junior et permit à Gould d'inclure quelques éléments S-F dans ses scénarios. Mais les personnages les plus étonnants sont la galerie de criminels que Dick Tracy eut à combattre : Flattop, Shaky, Scorpio, Spots, Mole, Ugly Christine, Mr Bribery, Breathles Mohoney, etc. Mort en 1985, Gould a été remplacé dès 1977, mais pas égalé. *Dick Tracy* est aujourd'hui poursuivi par Dick Locher et Max Collins.

Il manquait un personnage d'homme préhistorique. Ce vide fut comblé le 7 août 1933 par *Alley Oop* de V.T. Hamlin. Alley Oop est une brute sympathique, flanquée d'un dinosaure apprivoisé, Dinny, et d'une jolie fille querelleuse, Oola. Après avoir exploré toutes les possibilités du monde préhistorique, Hamlin imagina un savant de notre époque qui, grâce à une machine temporelle, permit à Alley Oop de visiter notre époque. Le XXe siècle plut beaucoup à Oola, moins au dinosaure. Tout au long de sa carrière *Alley Oop* resta une B-D de bonne humeur, sans prétention, dans la tradition de *Popeye*.

« Ah ! si Brick Bradford était avec nous ! » se serait exclamé un officier américain dont les troupes étaient encerclées par les Japonais lors de la bataille du Pacifique. Et il avait raison, nul mieux que *Brick Bradford (Luc Bradefer)* n'a su incarner la gaieté, l'optimisme, la joie de vivre. Né de la collaboration de William Ritt (textes) et Clarence Gray (dessins), *Brick Bradford* est apparu en août 1933 *(daily strip)* et novembre 1934 *(sunday strip)*.

THE CORONATION —

43

La bande explore toutes les possibilités de l'aventure : science-fiction, fantastique, voyages extraordinaires, policier. Son héros incarne l'Américain idéalisé, sans peur ni reproche, volant au secours du faible et de l'opprimé aux quatre coins de l'univers. Cette vision des choses paraît aujourd'hui bien naïve, mais plusieurs épisodes de *Brick Bradford* restent remarquables tant pour le scénario que pour le dessin. Je pense au Voyage dans la pièce de monnaie, au Robot géant d'Avil Blue, à la Descente au centre de la Terre où notre héros rencontra de ravissantes filles-papillons. Il visita également le futur dont il ramena une compagne, Rota; au bout de quelques années, lassé d'elle, il la maria dans le passé, assuré ainsi d'être à l'abri de tout retour intempestif de la belle !

L'année 1934 est le millésime phare de l'âge d'or : *Flash Gordon, Secret Agent X9, Mandrake the Magician, Li'l Abner, Terry and the Pirates* y firent leur apparition. Et je ne ferai que citer : *Jungle Jim, Red Barry, The Little King (Le petit roi), Don Winslow of the Navy (Bernard Tempête)*. C'est le sommet de la courbe.

À tout seigneur tout honneur, *Flash Gordon* reste la plus célèbre bande dessinée américaine et, par exemple, depuis 1987, un comic-book propose même une nouvelle version du scénario initial imaginé par Alex Raymond. *Gordon* a débuté le 7 janvier 1934 en planches en couleurs. L'histoire est archiconnue : Flash Gordon (Guy l'Éclair) et une jeune fille, Dale Arden (Camille), sont emmenés par la fusée du Dr Zarkov sur la planète Mongo. Là, Gordon s'oppose au cruel tyran Ming the Merciless et parvient, seul contre toute une armée, à le renverser. C'est la B-D de science-fiction référence de tout autre comics de S-F, les uns cherchant à l'imiter, les autres à s'en écarter à tout prix; on accepte le père ou on veut le tuer, mais le père reste Alex Raymond. La perfection plastique du dessin, la
finesse du trait, la beauté des couleurs, tout y est. On parlera sans doute d'un certain académisme, c'est vrai, et Raymond le sentit lui-même car, au bout de quelques années, la bande se mit à l'ennuyer et il souhaita faire autre chose.

En 1944, son assistant, Austin Briggs, qui dessinait le *daily strip* depuis sa création en mai 1940, prit sa succession. J'ai eu l'occasion de rencontrer Austin Briggs et il m'a montré des dessins qu'il avait réalisés pour *Flash Gordon* ou *Jungle Jim*. Ces illustrations étaient signées Raymond et les spécialistes français les tenaient pour représentatives du style de l'auteur ! Une bonne imitation de *Flash Gordon* fut lancée dix mois après la bande de Raymond, en octobre 1935, *Don Dixon and the Hidden Empire* de Carl Pfeufer. Les deux séries parurent en France presque simultanément, ce qui désorienta quelque peu les amateurs.

Ce même mois de janvier 1934, le 22, Alex Raymond créait un nouveau strip, *Secret Agent X9* dont les premiers épisodes avaient été commandés au célèbre auteur de polars noirs Dashiell Hammett. Résultat exceptionnel, on pouvait s'y attendre, mais dès la fin 1935 les deux auteurs quittent la bande. Divers dessinateurs se succèdent alors, seul Austin Briggs (novembre 1939 – mai 1940) égale son modèle, puis c'est la chute jusqu'au début 1967 ! Le strip, rebaptisé *Secret Agent Corrigan* (entre-temps X9 avait été baptisé Phil Corrigan par Mel Graff), fut confié à l'ancien dessinateur des EC Comics, Al Williamson. Celui-ci venait de publier, en 1966, quelques superbes comic-books de *Flash Gordon* dans la pure tradition d'Alex Raymond. X9 l'inspira également, et ce strip bien oublié redevint une des plus populaires séries d'aventures de ces dernières années.

Lee Falk, scénariste, et Phil Davis, dessinateur, créèrent *Mandrake the Magician* le 11 juin 1934 (planches en couleurs en février 1935). Mandrake fut d'abord un véritable magicien doué de pouvoirs extraordinaires, puis Lee Falk amenuisa sa puissance et le ramena au rang d'un simple hypnotiseur (capable toutefois de télépathie et de projection mentale). Cette modification est intervenue, m'a-t-il expliqué, car il ne trouvait pas d'adversaires à la taille de son personnage. À ses tout débuts, Mandrake était accompagné d'une panthère apprivoisée, Rita, qu'il transformait parfois en belle jeune femme; c'est sous cette dernière forme qu'il la maria un jour à l'un de ses amis ! En revanche, son serviteur noir, Lothar, ne l'a jamais quitté bien que le retour en Afrique, son pays natal, l'ait plusieurs fois tenté. Avantguerre, Mandrake s'était fiancé avec la belle Narda, une princesse d'Europe centrale, sauvage et passionnée, qui avait d'abord essayé de le tuer. Aujourd'hui, ils vivent en concubinage officiel dans leur propriété de

© King Features Syndicate/Opera Mundi

Xanadu, toujours en compagnie de Lothar qui a trouvé
depuis une petite amie de sa race. Certains épisodes du
début sont de grandes réussites, tels « Le voyage dans la
dimension X » (curieusement traduit en français par « Le
voyage dans le monde à X dimensions »), ou « La caverne
du Cobra ». Ensuite le dessin de Phil Davis, malade, s'est
dégradé; il fut d'abord remplacé par sa femme, puis par
Fred Fredericks qui redonna un peu de tonus au strip.

   Li'l Abner, d'Al Capp, est une des créations les plus
originales des comics américains qui débuta le 20 août
1934 (et en février 1935 pour la couleur). *Li'l Abner* met
en scène un jeune homme athlétique et naïf, sa mère,
Mammy Yokum, minuscule mais douée d'une force
extraordinaire, son père, Pappy Yokum, chétif et faible,
et la belle Daisy Mae. Celle-ci aime Li'l Abner, mais lui
ne veut pas l'épouser car il sait que rien n'est plus horrible
que l'esclavage imposé aux maris américains. L'action se
situe à Dogpatch, un trou à rats du Kentucky, le lieu le
plus déshérité des États-Unis. Ce village présente quelques

coutumes originales, tel le *Sadie Hawkins day* qui revient chaque année en novembre. Ce jour-là, chaque femme célibataire du village a le droit de s'emparer par tous les moyens d'un célibataire mâle et leur mariage est aussitôt prononcé, irrémédiablement. Depuis, cette coutume s'est instaurée dans bien des petites villes américaines, il y aurait plusieurs centaines de « *Sadie Hawkins days* » aux États-Unis à l'heure actuelle; en revanche, le nombre de mariages célébrés dans ces conditions semble assez faible !

Après dix-huit ans de fiançailles, Li'l Abner épousa enfin Daisy Mae en 1952 et ce mariage fit la première page de tous les journaux américains. Autre particularité de la bande, Li'l Abner lit passionnément depuis 1942 un comic strip imaginaire, *Fearless Fosdick* et, parfois, nous le laisse lire avec lui. Autrement dit, Al Capp interrompt la continuité de *Li'l Abner* pour raconter les aventures de *Fearless Fosdick,* délirante parodie de *Dick Tracy*. Enfin, il ne faut pas oublier la langue des personnages de Dogpatch, extrêmement originale et savoureuse. En particulier le nom propre des habitants désigne leur activité ou leur apparence physique. Par exemple, Moonbeam McSwine (Clair de Lune McCochon) est une belle brune pulpeuse qui vit vautrée

sur ses porcs; Available Jones est célibataire, donc « obtenable » pour les filles à marier, etc. Al Capp décida de se retirer en 1977 et il ne confia pas sa bande à un autre dessinateur. Avec *Li'l Abner,* la voix de l'Amérique profonde disparaissait des comics.

Terry and the Pirates de Milton Caniff, créé le 22 octobre 1934 (en couleurs le 9 décembre de la même année) a profondément marqué la B-D, aussi bien aux États-Unis qu'en Europe. Ce strip a apporté

© Chicago Tribune New York News Syndicate/Graph Lit

une nouvelle conception du découpage directement inspirée du cinéma et a, à son tour, influencé des metteurs en scène. Par ailleurs, l'étude psychologique des personnages a été poussée par Caniff plus loin que dans n'importe quelle autre B-D de l'époque. *Terry and the Pirates* est une bande d'aventures située en Chine, d'abord avantguerre, puis pendant la Seconde Guerre mondiale. Elle a pour héros un aventurier, Pat Ryan, son jeune ami Terry et leur boy chinois Connie. Leurs adversaires sont des pirates et trafiquants de toutes natures, puis les Japonais pendant la guerre. Au premier rang de ces ennemis vient la voluptueuse et redoutable Dragon Lady qui changea l'image de la femme dans les comics et connut d'innombrables imitations. Pat Ryan s'effaça au cours de la guerre, laissant la vedette à Terry, mais Caniff abandonna la bande dès décembre 1946 et elle connut une longue agonie jusqu'en 1973, méconnaissable.

The Phantom (le Fantôme du Bengale), textes de Lee Falk, dessins de Ray Moore, a fait sa première apparition le 17 février 1936 (en couleurs trois ans plus tard). La légende raconte que depuis quatre cents ans le Fantôme, l'Esprit-qui-marche, vit dans la forêt africaine, dans la caverne du Crâne, au milieu des pygmées, avec pour seul compagnon un loup, Devil. En réalité, le « Fantômat » est une institution héréditaire dans laquelle les fils se

substituent à leur père. Mais l'actuel titulaire était fiancé, dès les premiers épisodes de la bande, à Diana Palmer, une jeune et belle Américaine et, trente ans après, ne l'avait toujours pas épousée ! On pouvait donc craindre l'extinction de la lignée. Oh ! surprise, il se décidait enfin à convoler en octobre 1977, après quarante et un ans d'attente ! Heureusement que les héros de comics ne vieillissent pas. Diana accoucha d'abord d'un premier fils, puis de jumeaux, cette fois nous allions vers un trop-plein de Fantômes ! Après Ray Moore, bon dessinateur au style très fin, le personnage fut repris par des tâcherons. Aujourd'hui, Sy Barry nous en donne une version athlétique assez bien venue. *The Phantom* est une bande historiquement importante car elle ouvrit la voie à tous les justiciers masqués apparus dans les années quarante dans les comic-books. Prenez le costume du Phantom, son fameux collant violet (qui devint rouge en France car l'imprimeur n'avait pas d'encre violette !), ajoutez-y les pouvoirs de Mandrake, et vous avez un super-héros.

Nous avons vu qu'Harold Foster avait abandonné *Tarzan* en 1937; cette même année, le 2 février, vit les débuts de *Prince Valiant (Prince Vaillant)* en planches du dimanche. Une épopée de chevalerie située à l'époque du roi Arthur et des chevaliers de la Table ronde. Fait exceptionnel, le personnage vieillit au cours des années. Valiant

51

nous est d'abord montré tout enfant, puis écuyer de sir Gawain, devenant à son tour chevalier de la Table ronde. En 1946, il épousa la princesse Aleta qu'il avait conquise de façon quelque peu brutale. On aurait pu croire que le temps allait alors se figer pour le couple royal. Pas du tout. Aleta donna quatre enfants à Valiant et la bande actuelle raconte les aventures de son fils aîné, Arn. Hal Foster s'est retiré en 1971 et a été (médiocrement) remplacé par John Cullen Murphy, mais

le strip reste populaire et on le rencontre aujourd'hui encore dans la majorité des *comics sections* qui paraissent chaque dimanche.

Si des dessins animés donnèrent naissance à une bande dessinée, ce fut aussi le cas de programmes vedettes de la radio à une époque où la TV en, était encore à ses premiers balbutiements. *The Lone Ranger* de Frank Striker était une émission à la mode, elle devint un comic strip à partir de septembre 1938. Dessinée pendant quelques mois par Ed Kressy, elle fut prise en main dès 1939 par Charles Flanders, un bien meilleur illustrateur. Les scénarios étaient dus à Frank Striker lui-même. Tout le monde connaît l'histoire du *Lone Ranger* (*Le roi de la prairie, Le cow-boy masqué. Au cinéma : Le dernier des fédérés*) : des Texas Rangers tombent dans une embuscade et sont tous massacrés sauf un, sauvé par son fidèle ami indien Tonto. Le Ranger survivant jure alors de venger ses camarades, couvre son visage d'un masque et fond des balles en argent dans une vieille mine. Elles seront désormais sa marque, au même titre que son cheval blanc, Silver, et son cri « *Hi-yo, Silver, away* ». Les balles en argent du Lone Ranger seront l'objet d'innombrables *private jokes* dans de nombreuses bandes. Par exemple, dans *The Wizard of Id*, on voit l'épouse du magicien lui rappeler qu'elle attend pour le soir même un cadeau pour leurs noces d'argent. À la dernière image on voit le magicien attablé en face du Lone Ranger ! Cette bande, le plus célèbre western dessiné outre-Atlantique, fut adaptée plusieurs fois au cinéma et donna lieu à d'innombrables épisodes TV. Elle dura jusqu'à fin 1971.

Red Ryder de Fred Harman est un autre western (couleurs : novembre 1938; noir et blanc : mars 1939) qui fut très apprécié en France, moins aux États-Unis. Coulton Waugh lui consacre seulement quatre lignes dans *The Comics* (New York, 1947) : « Un western plutôt ordinaire » (p. 169); plus loin : « Si le dessin est assez médiocre, en revanche l'action est solide » (p.235). Ces jugements sont sévères, *Red Ryder* était une bande bien faite, rehaussée de personnages hauts en couleur, tels le jeune Indien Little Beaver (Petit Castor), le copain de Red, et The Duchess, sa tante. Les récits étaient beaucoup plus réalistes que ceux du *Lone Ranger,* ce qui explique peut-être qu'ils aient touché un moins vaste public.

3. LA LONGUE AGONIE (1939-1989)

L'année 1938 avait été marquée par un coup de tonnerre, la création de *Superman* dans *Action Comics* n° 1. *Sheena* puis *Batman* l'avaient bientôt rejoint, suivis par une foule de super-héros, que l'on retrouvera au chapitre consacré aux comic-books. Les *syndicates* qui produisaient les bandes de journaux sentirent le danger et voulurent réagir. Ils créèrent un supplément du dimanche de seize pages, baptisé *Weekly Comic Book,* qui, une fois plié en quatre, avait le format d'*Action Comics* et présentait de nouveaux héros, *The Spirit* et *Lady Luck,* en particulier. L'imitation était si réussie que certains « spécialistes » français crurent pendant longtemps que ces deux personnages appartenaient au monde du comic-book !

Tous deux apparurent le 2 juin 1940. *The Spirit,* de Will Eisner, occupait les sept premières pages du supplément. Son héros, un détective farfelu nommé Denny Colt, passait pour mort et en profitait pour combattre le crime à l'insu de tous. Par ses cadrages audacieux, son découpage nouveau, ses perspectives jusqu'alors inusitées et son humour constant, *The Spirit* devint bientôt une source d'inspiration pour les jeunes dessinateurs. J'entends les dessinateurs de comic-books dont la page rectangulaire se prêtait bien à toutes les fantaisies graphiques, et non les illustrateurs de comic strip, astreints à de sévères règles de mise en pages. Eisner excellait dans les scènes nocturnes, les brumes, les clairs-obscurs, tout ce qui rend une grande métropole à la fois poétique et menaçante. C'est dans cette pénombre que surgissait The Spirit pour combattre les criminels, principalement une série de vamps et femmes fatales, qui ont marqué la libido de toute une génération. *The Spirit* parut à partir d'octobre 1941 en bande quotidienne, ce qui ne convenait guère au style d'Eisner. Le personnage disparut des journaux au début des années cinquante, mais continua sa carrière épisodiquement en comic-book. Une nouvelle série, publiée depuis 1983, a entrepris de rééditer les anciennes aventures parues en supplément du dimanche dans les années quarante.

Lady Luck n'avait droit qu'à quatre pages, mais était considérée comme le numéro deux du *Weekly Comic Book* et la silhouette de la jeune femme en chapeau, robe et voilette verts est encore dans toutes les mémoires. Elle fut imaginée par Will Eisner, mais il ne la réalisa jamais lui-même; plusieurs artistes la dessinèrent, tels Nick Cardy et Klaus Nordling. Brenda Banks était « une jeune débutante qui avait abandonné sa cuiller d'argent pour l'acier d'un revolver ». Dans les

milieux élégants que Brenda fréquentait, il était souvent question de crimes, aussitôt elle endossait le déguisement de Lady Luck : beaucoup d'humour là aussi, et le charme d'une époque révolue. Les aventures de Lady Luck furent ensuite rééditées en comic-books.

Brenda Starr, Reporter, est d'abord paru en planches du dimanche le 30 juin 1940. Le strip était signé Dale Messik, Dale étant le diminutif de miss Dalia, qui marquait l'arrivée des femmes dans les comics. La bande quotidienne ne commença qu'à l'automne 1945. Brenda Starr est journaliste au *Flash* et parcourt le monde. Elle y collectionne les cœurs et les aventures. Le strip est de qualité, sans plus, mais son succès ne s'est jamais démenti et le reporter de charme paraît toujours, réalisé par Fradon et Schmich.

Le *Miss Fury* de Tarpe Mills, autre dessinatrice de talent, commença le dimanche 6 avril 1941. Elle s'était directement inspirée des héros de comic-books. Miss Fury avait une identité secrète, celle de la riche et belle Marla Drake, un costume taillé dans la peau d'une panthère noire, et elle se battait aussi bien que Batman. Voici comment la décrit un de ses admirateurs : « Dès sa première apparition, *Miss Fury*

© Tarpe Mills

avait tout. Grande aventure, action sauvage, femmes exotiques, bandit manchot, fille terroriste, brillants détectives, beaux mâles, et même un chat persan, nommé Peri Purr, qui agrémentait le tout. » (Tom Fagan, *Miss Fury,* Cambridge, Ma, 1979.) Tarpe Mills introduisit une bonne dose d'érotisme dans la bande, son héroïne étant souvent en sous-vêtements, parfois à demi nue; les batailles de femmes et les séances de *bondage* (ligotage) n'étaient pas rares. On comprend que *Miss Fury* ait enflammé les jeunes libidos. La bande s'arrêta en 1952. Elle a

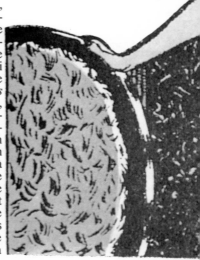

influencé toutes les héroïnes de comic-books des années quarante, Sheena, Wonder Woman et Nyoka exceptées.

The Sad Sack, de George Baker, débuta en 1942 dans un journal réservé aux soldats. Ce strip humoristique raconte les aventures d'un pauvre bidasse face à l'adversité du monde militaire, le plus souvent représenté par des sergents aussi féroces qu'imbéciles. Le succès de la bande survécut quelques années à la guerre.

Le mois de juin 1944 vit la naissance de *Johnny Hazard* de Frank Robbins. Ce dessinateur avait fait ses classes sur *Scorchy Smith,* une vieille bande d'aviation des années trente. Johnny Hazard était aussi un aviateur, aventurier professionnel, un Brick Bradford revu par Milton Caniff. Au fil des ans, Johnny devint une sorte d'agent secret et le strip perdit de son charme insouciant.

Cinq bandes paraissent ensuite, qui font partie du panthéon de la B-D et ont parfois amené certains historiens du genre à faire durer l'âge d'or jusqu'en 1950, ce qui n'est pourtant pas envisageable au vu de la médiocrité des années 1938-1945.

De retour de la guerre, Alex Raymond créa une nouvelle bande policière le 4 mars 1946, uniquement en *daily strip* : c'est *Rip Kirby*. Le détective intelligent, calme, portant lunettes et fumant sa pipe, devint immédiatement célèbre. Il était à l'opposé d'hommes d'action tels que X9, Jungle Jim et, bien sûr, Flash Gordon, et il semble là que Raymond ait voulu tourner le dos à sa conception antérieure de la B-D. *Rip Kirby* est une série réaliste, où la réflexion prime l'action. Le charme féminin n'en est pas pour autant absent grâce à la blonde Honey Dorian, côté cœur. À la mort accidentelle de Raymond, en 1956, le strip échut à John Prentice qui le continue depuis. Il est certain qu'Alex Raymond considérait *Rip Kirby* comme une œuvre beaucoup plus aboutie que *Flash Gordon*. La postérité partage rarement le jugement des auteurs, et la saga de la planète Mongo reste le chef-d'œuvre de Raymond aux yeux de la majorité des amateurs.

Pogo, de Walt Kelly, parut brièvement en comic-book en 1943, dans la série *Bumbazine and Albert the Alligator,* mais ses véritables débuts, en *syndicated strip,* n'eurent lieu qu'en 1948 sous son nom. Dans cette bande humoristique intellectuelle, l'auteur a cherché à peindre les faiblesses de ses contemporains représentés par le petit microcosme animalier des marais d'Okefenokee. On y rencontre Albert, un alligator anarchiste, Pogo, un opossum symbolisant l'honnête homme au sens du XVIIe siècle, et le Dr Owl, hibou prétentieux qui croit tout savoir. On y croise également une foule d'autres créatures étonnantes, certaines ressemblant à s'y méprendre à des personnalités connues. *Pogo* est une œuvre de moraliste qui vaut celle de bien des littérateurs. Walt Kelly est mort en 1973 et sa bande lui survécut deux ans seulement.

Milton Caniff revint avec un nouveau personnage, *Steve Canyon,* le 13 janvier 1947 (*daily* et *sunday strip* dès le début). Plus de cent quotidiens américains publièrent la bande en même temps, signe de la popularité de Caniff. Dans leurs premières aventures, Steve Canyon et son équipe, qui venaient d'être démobilisés, n'avaient pas un sou devant eux et devaient accepter n'importe quel travail

© Walt Kelly

pour survivre. Ils entraient en conflit avec des bandits de toutes natures (surtout de nature féminine) tout comme dans *Terry and the Pirates*. Il n'y avait que rarement un arrière-plan politique. Après la guerre de Corée, Canyon rempila. Désormais le strip prôna la pax americana dans le monde avec une touchante naïveté. En 1970, Canyon épousa Summer Olson, un ancien flirt devenue veuve d'un pilote ami du héros, ce qui acheva de briser le rythme de la série. Caniff affirme préférer de beaucoup *Steve Canyon* à *Terry and the Pirates* ce qui prouve, comme dans le cas d'Alex Raymond, que les créateurs sont mauvais juges de leurs œuvres.

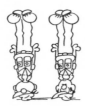

Une nouvelle bande antimilitariste parut le 3 septembre 1950, *Beetle Bailey,* de Mort Walker. Sous des dehors bon enfant, *Beetle Bailey* est une féroce satire de la vie militaire. Du vieux général au jeune sous-lieutenant, tous les officiers sont des incapables, les sous-offs des brutes imbéciles; quant aux soldats, l'armée est pour eux une école de paresse, de dissimulation et de mensonge. Beetle Bailey, lui-même, est le bidasse type, tire-au-flanc et frondeur dont le plus clair de l'activité est d'échapper aux corvées du Sgt Snorkel, un goinfrard imbécile. *Beetle Bailey* devint vite une bande populaire et se classa bientôt dans le peloton de tête des comics favoris du public américain. Il est vrai que cette bande est constamment drôle, ce qui n'est pas toujours le cas de bien des séries prétendument comiques.

Peanuts est aujourd'hui la B-D américaine la plus célèbre dans le monde entier, soit directement, soit à travers le *merchandising* qui entoure le chien Snoopy. Pourtant ses débuts ne furent pas aisés et Charles M. Schultz essuya plusieurs refus de la part des *syndicates* avant de voir paraître sa bande dans sept quotidiens seulement ! On se souvient que *Steve Canyon* avait débuté dans plus de cent. Pour être publié, Schultz avait dû changer son titre *Li'l Folks* (petites gens) en *Peanuts* (cacahuètes), qu'il n'a jamais aimé. Il fallut assez longtemps pour que la bande devienne un succès (la planche du dimanche ne commença que le 6 janvier 1952), puis tout s'accéléra et, après quelques années d'existence, *Peanuts* devint le numéro deux du marché américain, juste derrière *Blondie*. Ensuite, sa carrière internationale commença. *Peanuts* a pour héros un groupe d'enfants âgés de cinq à sept ans. Figure centrale, Charlie Brown, enfant de corps, adulte d'esprit, est un perdant-né, totalement en porte à faux dans notre monde; il est promis à un destin de raté et en est conscient. Son seul ami, Linus, cherche une sécurité illusoire en serrant contre lui une vieille couverture. À leurs côtés, on rencontre la sœur de Linus, Lucy, une mégère en herbe, Shroeder, un virtuose sur piano jouet, etc. Et surtout le chien de Charlie Brown, Snoopy, un beagle

© United Features Syndicate/Graph Lit

névrosé qui dort sur le toit de sa niche en rêvant qu'il est pilote pendant la Première Guerre mondiale, ou vautour, ou tout autre chose, sauf lui-même. Snoopy a tendance aujourd'hui à voler la vedette à son maître, et il le sait ! Schultz a peu renouvelé la bande au cours des années, mais il a introduit de nouveaux personnages (par exemple, l'oiseau Woodstock, un petit gamin noir, etc.), qui ont relancé son intérêt. Même si désormais cette série piétine quelque peu, il n'est pas exagéré de dire que *Peanuts* a élevé la B-D au rang d'art majeur.

Revenons à des bandes moins prestigieuses. Le *soap opera* n'était pas mort (ce terme « feuilleton de savon » provient de ce qu'avant-guerre ces feuilletons radiophoniques étaient parrainés par des marques de lessive) et vit paraître un de ses plus beaux fleurons en mars 1953 (et mars 1954 pour la couleur). *The Heart of Juliet Jones (Juliette de mon cœur)* de Stan Drake (dessins) et Eliot Caplin (textes) fut un succès immédiat. Juliet Jones était la jeune femme américaine idéale (idéale pour l'association ultraréactionnaire des Mothers of America), belle (sans excès), élégante (mais sobrement), tout à fait « comme il faut », et occupant un poste de responsabilité. Le personnage était si ennuyeux que l'auteur dut lui donner une jeune sœur, Ève, impulsive et écervelée, pour donner quelque vie à la bande.

Autre *soap opera, On Stage* de Leonard Starr qui débuta le 10 février 1957. Cette bande vaut surtout par la qualité du dessin de Starr qui, en couleurs, n'est pas loin d'égaler celui d'Alex Raymond. L'héroïne de *On Stage* est une jeune provinciale, Mary Perkins, qui se rend à New York pour devenir comédienne. On imagine sans peine les développements possibles de ce point de départ. Par la suite, Mary Perkins, ayant déjoué tous les pièges tendus à sa naïveté, réussit à devenir une star de Broadway et ce sont donc les milieux du théâtre que nous décrit *On*

Stage. Un strip élégant et de qualité, malheureusement inconnu dans notre pays.

Nouvelle bande de grande qualité, *B.C.,* la bande antédiluvienne de Johnny Hart. Tout comme *Peanuts* elle eut des difficultés à être acceptée. Elle finit par débuter en février 1958 (planches en couleurs en octobre). *B.C.* (ce qui signifie *Before Christ,* avant J.-C.) raconte avec humour la vie quotidienne de l'homme des cavernes. Les dinosaures sont humanistes, les fourmis petites-bourgeoises, le fourmilier est philosophe, le serpent a des problèmes psychologiques. Quant aux humains, ils ne valent guère mieux. Autour du héros, homme des cavernes moyen pourrait-on dire, gravite un petit monde de personnages mal dans leur peau. Parmi eux l'inventeur de la roue (il ne sait qu'en faire et va jusqu'à regretter qu'elle roule au bas

des collines), un poète unijambiste, un commerçant qui vend des T-shirts Snoopy (!), Grog, le monstre humanoïde, et des femmes des cavernes déjà féministes et insatisfaites. Johnny Hart saupoudre le tout d'anachronismes hilarants. *B.C.* reste une des meilleures bandes d'humour du moment, mille fois supérieure aux *Flinstones (les Pierrafeu)*, médiocre sous-produit de TV situé, lui aussi, dans la préhistoire.

The Adventures of Bernard Mergendeiler de Jules Feiffer a été créé en 1959 dans *Playboy*. C'était une adaptation B-D proche des dessins humoristiques que l'auteur publiait

depuis plusieurs années sous le titre général *Feiffer*. Bernard est un personnage névrosé, mal dans sa peau et qui inconsciemment cherche toujours l'échec. Pendant quelques mois de sa vie, cependant, Jules Feiffer s'amusa à transformer son triste héros en une hilarante parodie de super-héros, et Bernard devint Hostileman. Le style extrêmement dépouillé de Feiffer a inspiré de nombreux dessinateurs, Copi, par exemple.

Harvey Kurtzman est le créateur du célèbre comic-book parodique *Mad* (1952). Il nous donna en 1962 une version sexy de *Little Orphan Annie* avec la somptueuse *Little Annie Fanny*. Le dessinateur était Bill Elder, son vieux complice des E.C. Comics. Cette bande parut également dans *Playboy*. Ici, le protecteur de la petite orpheline, Daddy Warbucks, est remplacé par le richissime Sugardaddy Bigbucks. Quant à Annie Fanny, avec pour seules armes sa naïveté et ses cent centimètres de tour de poitrine, elle rencontre tous les mythes anglo-saxons de son époque, Hollywood, le Ku Klux Klan, James Bond, les Beatles, etc. La bande de Harold Gray était très réactionnaire, celle de Kurtzman pourrait être qualifiée de gauche si ce terme avait un sens aux États-Unis. C'était en tout cas une bande intelligente où, sous prétexte de dévoiler les charmes de l'héroïne, les auteurs se livraient à une critique impitoyable de la société américaine.

L'auteur de *B.C.* est aussi le scénariste d'une autre B-D humoristique, dessinée par Brant Parker, *The Wizard of Id,* créée le 9 novembre 1964. Le titre fait référence au *Wizard of Oz (le Magicien d'Oz)*; quant à l'*id,* c'est la traduction latine d'un terme de psychanalyse, le « ça », qui désigne les pulsions inconscientes. Dans les faits, *The Wizard of Id* raconte les mésaventures d'un magicien de troisième ordre pris entre une épouse acariâtre, un roi nain et pervers, et des philtres récalcitrants. Si, par extraordinaire, il parvient à invoquer un esprit, celui-ci se moque de lui. Quant à sir Rodney, le chevalier peureux, il élève en secret un dragon au lieu de le combattre. On est loin de *Prince Valiant*; ici, la dérision triomphe.

Dateline : Danger de Alden McWilliams (dessins) et Allen Saunders (textes) n'a duré que de 1968 à 1974. Ce strip mérite cependant d'être cité car il comporte une particularité. Ses héros étaient deux agents secrets, un

© Field Newspaper Syndicate

Noir, Danny Raven, et un Blanc, Troy. On a pu dire que cette B-D était le premier comics « intégré », ce qui n'était pas le cas de *Mandrake,* par exemple, où Lothar ne jouait que les seconds rôles. Rien de semblable ici, Raven est l'égal de Troy. Les problèmes raciaux étaient d'ailleurs évoqués, puisque Danny Raven se trouvait souvent pris entre des Blancs racistes et des extrémistes de couleur. C'est la dernière réussite d'une grande bande d'aventures comme on n'en créait plus depuis bientôt trente ans. *Dateline : Danger* savait éviter le prêchi-prêcha, mais la mode n'était plus aux adventure strips.

Sally Forth a été créée en 1969 par Wallace Wood, un ancien dessinateur des comic-books de science-fiction de la firme E.C., en d'autres termes un excellent dessinateur. À partir de 1971, ce strip est paru en couleurs dans l'*Overseas Weekly,* supplément spécialement réalisé pour les militaires américains en poste à l'étranger. *Sally Forth* est théoriquement une bande d'aventures militaires et de science-fiction, mais est surtout prétexte à révéler la pulpeuse anatomie de son héroïne. La pauvre Sally est en effet presque toujours nue alors que, engagée dans l'armée américaine, elle se trouve entourée d'hommes. Au départ, elle devait faire campagne contre les communistes, mais elle tombe bientôt aux mains d'un savant fou qui l'expédie sur la planète Mars (non, il ne s'agit pas du Dr Zarkov). Nous retrouvons alors le grand Wood, celui de *Weird Science* et *Weird Fantasy. Sally Forth* n'est pas seulement

une B-D sexy pour bidasses, elle est aussi une réussite de la parodie et de l'humour. Wally Wood est mort prématurément en 1981.

Hagar the Horrible (Hägar Dünor, le Viking) de Dik Browne a débuté en février 1973 et a remporté immédiatement un grand succès. Ce strip d'un comique bon enfant prétend se situer au IXe siècle chez les Vikings, mais le cadre historique n'est qu'un prétexte et les anachronismes n'effraient pas l'auteur. Hagar lui-même est un pillard de profession, qui ne craint rien sauf sa femme Helga (Hildegarde); on retrouve ici la peur de la femme américaine exprimée dans tous les strips comiques. Il a une (jolie) fille, Honi (Ingrid), qui voudrait combattre comme son père, et un petit garçon, Hamlet (Homlet), qui n'aime que la lecture et fait le désespoir de Hagar. Il suffit de lire le nom français des personnages pour comprendre que la traduction n'a pas contribué à rehausser le niveau de la bande. *Hagar the Horrible* méritait mieux que ces mauvais jeux de mots.

À ce jour, le dernier grand succès produit par le comic strip date de 1978, plus de dix ans déjà. C'est *Garfield* de Jim Davis. Garfield est un chat tigré, gourmand, gras, paresseux, extrêmement égocentrique et faussement philosophe. Il aime bien les sentences vides de sens, par exemple dans une planche du dimanche du 25 mai 1986 on le voit parcourir une table chargée de nourriture. « La vie, c'est comme de la dinde... n'importe quel morceau, c'est toujours de la dinde. La vie, c'est comme un lapin...

© K.F.S./Opera Mundi

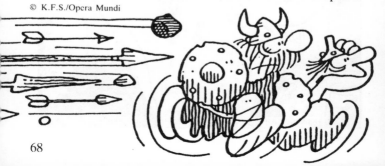

LIFE IS LIKE A TURKEY... ANY WAY YOU SLICE IT, IT'S STILL A TURKEY

BONK!

SPLASH!

si vous ne continuez pas à sauter, cela ne vous mène nulle part. » Sa maîtresse qui l'observait lui dit alors : « Tu cherches le sens ultime de la vie, Garfield ? » et le chat de penser en regardant les plats sur la table : « Il est quelque part sur cette table. »

Depuis, il est certes paru nombre de nouvelles bandes, toutes humoristiques, par exemple, *Shoe, Calvin and Hobbes, Fred Basset, Bloom County, Crock, Cathy, Drabble, Funky Winkerbean*, etc., mais aucune n'a réussi à percer. Il ne faut pas se le cacher, les bandes de journaux meurent lentement; leur avenir est derrière elles.

Dernière précision, ce panorama des comic strips ne couvre qu'une faible partie de la production. Nombre de titres qui furent célèbres à leur époque sont omis. Je ne doute pas que les fanatiques de *King of the Royal Mounted (La patrouille du Grand Nord)* de Zane Grey et Allen Dean, ou ceux de *Kerry Drake* d'Alfred Andriola ne me vouent aux gémonies pour ces suppressions, mais il fallait bien faire un choix. C'est ainsi qu'il ne sera pas question dans ce volume de *Charlie Chan, Dennis the Menace, Snuffy Smith, Little Annie Rooney, Betty Boop, Mary Worth, Nancy, Joe Palooka, Gasoline Alley, Dondi, Smilin' Jack, Rex Morgan M.D., Abie an' Slats, Polly and her Pals, Happy Hooligan, Miss Peach, Doonesbury, The Little King, Moon Mullins* et tant d'autres. Un gros dictionnaire n'y aurait pas suffi.

70

LA B-D
D'EXPRESSION
FRANÇAISE

Les précurseurs furent Christophe et Pinchon. Leurs œuvres étaient déjà des récits en images, mais pas encore des B-D proprement dites. Les textes restaient sagement sous les dessins, ils ne s'y intégraient jamais. *La Famille Fenouillard* date de 1889 et fut suivie un an plus tard par *Les facéties du Sapeur Camember* qui reste l'œuvre la plus connue de son auteur. Par la suite, Christophe dessina trois autres séries, dont *L'Idée fixe du Savant Cosinus,* mais de moindre intérêt. Puis, de 1902 à 1945, année de sa mort, Christophe abandonna ses crayons pour se consacrer au laboratoire de botanique du Muséum d'histoire naturelle. Le phénomène B-D avait alors explosé en France depuis plus de dix ans et il est clair que Christophe y était resté complètement étranger. *Bécassine* fut créée en 1905 dans *La Semaine de Suzette* par Caumery, textes, et J.-P. Pinchon, dessins. Même si le personnage a été adopté aujourd'hui par les amateurs de B-D, cette série est strictement du récit en images : les dessins ne forment pas une continuité et illustrent seulement un texte qui pourrait se suffire à lui-même. *Bécassine,* ce sont les aventures comiques d'une jeune bonne bretonne, Annaik Labornez, placée chez la marquise de Grand Air. Bécassine est naïve, sosotte et provoque nombre de catastrophes en croyant bien faire. N'en déplaise aux nostalgiques, le personnage a bien vieilli de nos jours.

La bande des Pieds Nickelés, de Louis Forton, est en revanche la première véritable B-D française et l'une des premières du monde. Elle débuta dans le n° 9 de *L'Épatant* le 4 juin 1908. Les trois personnages paraissaient crever la première page du journal et annonçaient en gros caractères : « Nous voilà ! » À l'intérieur, on découvrait Croquignol sortant de Fresnes. Certes, le texte est sous le dessin, mais, dès la deuxième image, on voit apparaître un ballon :

« Ah ! V'là c'vieux Croquignol », dit Ribouldingue, attablé avec Filochard, en voyant entrer leur comparse dans le café. Tout en conservant un texte sous chaque image, Forton utilise constamment des bulles qui viennent expliciter le récit. Ainsi, dans cette première aventure, on trouve des ballons dans les cases 2, 6, 8, 13, 15, 17, 18, etc. *La bande des Pieds Nickelés* appartient donc incontestablement au monde de la B-D. Croquignol (le long nez), Ribouldingue (le barbu) et Filochard (le borgne) en sont les immortels héros, voleurs, filous, menteurs et surtout anarchistes

qui tournent en dérision les institutions et les personnalités politiques de leur époque. Il faudra attendre *Hara-Kiri* en France (1960) et les *underground comix* aux USA (1968) pour retrouver une telle liberté de ton. En juillet 1909, par exemple, les trois sympathiques canailles se font inviter à la cour d'Angleterre, déguisés en amiraux français; à partir de juillet 1911, ils deviennent députés, puis ministres, avant de chasser le président Fallières (cité nommément) et de confisquer la République à leur profit ! Personne n'oserait faire preuve d'une telle désinvolture aujourd'hui. La dernière planche signée Forton parut en juillet 1934. Entre-temps ce dessinateur avait imaginé plusieurs autres personnages : Laricot, Baluchon, Ploum, Caramel. Un seul rencontra le succès, Bibi Fricotin, créé dans le n° 1043 du *Petit Illustré* le 5 octobre 1924, une sorte de Gavroche qui devait beaucoup à l'enfance de Forton. *Les Pieds Nickelés* furent repris par d'autres dessinateurs, notamment René Pellos, dont nous parlerons plus loin, après-guerre.

Tout comme *Bécassine,* si *Gédéon,* le canard de Benjamin Rabier, n'appartient pas vraiment au monde de la B-D, en revanche la technique narrative et l'esprit y sont. Paru en 1923, le premier Gédéon campait un astucieux

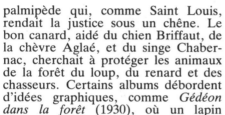

palmipède qui, comme Saint Louis, rendait la justice sous un chêne. Le bon canard, aidé du chien Briffaut, de la chèvre Aglaé, et du singe Chabernac, cherchait à protéger les animaux de la forêt du loup, du renard et des chasseurs. Certains albums débordent d'idées graphiques, comme *Gédéon dans la forêt* (1930), où un lapin tombé dans du goudron est mis à sécher sur une corde à linge et voit ses pattes démesurément allongées par de véritables échasses de goudron ! Benjamin Rabier est aussi l'auteur du célèbre dessin qui illustre toujours le fromage « La Vache qui rit », et il a publié de très nombreux albums. Une série télévisée a été tirée de *Gédéon* en 1976 mais, malheureusement, sous prétexte de moderniser le personnage, on y a affublé le pauvre canard d'un cou démesuré.

« Cher ami, la dernière page de notre publication, *Dimanche-Illustré,* est réservée en principe à la publicité, mais il arrive qu'elle ne soit pas achetée par un annonceur. Dans ce cas, il nous faut quelque chose pour la remplir... Une histoire dessinée quelconque... Un bouche-trou en somme... Nous avons pensé à vous pour ce travail. » Telle fut la proposition faite un jour de 1925 à Alain Saint-Ogan et qui aboutit à la création de *Zig et Puce* le 3 mai. De son propre aveu Saint-Ogan s'inspira de *Bicot* et *Buster Brown,* et la bande, dès ses débuts, fut conçue à l'américaine, avec des textes uniquement dans les ballons. Les héros en sont deux gamins pauvres qui n'avaient qu'une idée, gagner l'Amérique pour faire fortune. C'est au cours

73

de leur première aventure qu'ils firent connaissance du pingouin Alfred. « Zig et Puce se trouvaient être, à ce moment, au pôle Nord, et il fallait les faire subsister dans ces régions inhospitalières. Je songeai à leur faire manger un pingouin mais je n'eus jamais le courage de le faire mourir. Et c'est ainsi qu'Alfred naquit et devint l'inséparable compagnon des deux amis », a raconté Alain Saint-Ogan (*Zig et Puce,* Paris, 1966). Le pingouin devint une véritable vedette, on le vit dans les bras de Joséphine Baker, de Lindbergh, etc. C'est lui qui a donné son nom aux prix de B-D remis chaque année au cours du festival d'Angoulême jusqu'en 1988. Dans les années trente, Saint-Ogan lança d'autres personnages, l'Ours Prosper, Monsieur Poche, etc., qui eurent moins de succès. Après son retrait, *Zig et Puce* fut continué quelque temps par Greg, l'auteur d'*Achille Talon.*

C'est en janvier 1929, dans le supplément du journal bruxellois *Le Vingtième Siècle,* que débutèrent les aventures de Tintin et Milou, d'Hergé. *Tintin au pays des Soviets* plut aux lecteurs et reparut en album dès l'année suivante. Le récit était empreint d'un anticommunisme si primaire qu'Hergé en empêcha sa réédition jusqu'au jour où la parution d'éditions pirates lui força la main. La notoriété de *Tintin* ne fut pas immédiate. Personne avant-guerre n'aurait imaginé qu'un jour celui-ci puisse être plus connu que *Zig et Puce.* C'est seulement en 1946, avec la création de l'hebdomadaire *Tintin,* qu'il accéda au vedettariat, en Europe d'abord, puis dans le monde entier (il existe des éditions pirates de *Tintin* jusqu'en Chine). Il est vrai que la bande s'était alors enrichie de personnages beaucoup plus hauts en couleur que son fade héros : l'irascible capitaine Haddock, le distrait Pr Tournesol, l'insupportable cantatrice Castafiore, les policiers stupides Dupond et Dupont, et bien d'autres. La fameuse « ligne claire » d'Hergé servait à merveille l'intelligence des histoires, ainsi *Le trésor de Rackham le Rouge* (1943) où l'intérêt du récit reste soutenu de bout en bout sans la participation d'un seul bandit, d'un seul méchant. Dans cet épisode les véritables héros sont le Pr Tournesol, dont c'était la première apparition, et le capitaine Haddock, le rôle de Tintin étant réduit à celui d'un *deus ex machina.* Du point de vue graphique l'influence d'Hergé sur la B-D franco-belge fut et reste encore énorme, même si Tintin est aujourd'hui un personnage un peu dépassé.

La S-F n'était guère à la mode quand René Pellos créa *Futuropolis,* en 1937, dans *Junior.* Manifestement inspirée par le film de Fritz Lang, *Metropolis,* cette bande raconte la révolte d'un homme contre une énorme cité régie par des lois scientifiques inhumaines. Le dessin de Pellos, puissant et plein de mouvement dans des cadrages éclatés, n'était pas loin d'égaler les maîtres américains de l'époque. La guerre fit disparaître *Junior* et ne permit pas à Pellos de développer l'originalité de son talent. Il fit une nouvelle bande de S-F moins réussie, *Atomas,* en 1947 dans *Mon Journal,* curieux hebdomadaire où coexistaient des personnages de comic strips (Charlie Chan, Cicero's Cat), de comic-books (Captain Marvel Jr, Nyoka the Jungle Girl, Ibis the Invincible) et des B-D françaises. Pellos reprit ensuite *les Pieds Nickelés* qui lui convenaient moins bien.

Qui le croirait, mais Spirou est quinquagénaire. Il est apparu en avril 1938 dans le n°1 du magazine portant son nom sous la signature du dessinateur français Rob Vel. Il était alors groom au Moustic Hôtel; Spip, un écureuil intelligent, partagea bientôt ses aventures. On y sentait l'influence de *Tintin,* mais aussi celle de *Felix the Cat* comme dans l'épisode de S-F qui débuta le 11 février 1943, où Spirou, à bord de la fusée du Pr Stratos, parvint jusqu'à la planète Zigomus dont il fut sacré roi. La série fut interrompue pendant la guerre pour renaître à la Libération, en 1944, sous la plume de Jijé. Ce dernier ajouta Fantasio, un personnage moins fade que le petit groom, néanmoins la bande ne décolla vraiment que du jour où

Franquin la prit en main en 1946. André Franquin est un dessinateur de génie, supérieur à mon sens à Hergé, et l'un des maîtres mondiaux de la B-D. Il transforma *Spirou* en lui insufflant une vie, une fantaisie qu'il n'avait jamais eues. Avec l'aide de quelques nouveaux personnages, le comte de Champignac, un savant farfelu, Zorglub, un mégalomane génial, et l'extraordinaire marsupilami, un

animal étrange à la queue démesurée, il créa un nouvel univers à la limite de l'humour, de l'aventure et de la science-fiction. *Z comme Zorglub* ou *Le voyageur de Mésozoïque* restent des chefs-d'œuvre incontestés. Fatigué, Franquin abandonna la bande en 1969. De cette dernière période, il nous reste *Panade à Champignac* où la présence de Gaston Lagaffe (que nous verrons plus loin) et celle d'un Zorglub retourné à l'état de nourrisson accentuent le caractère comique de l'aventure, mais aussi la décomposition de la trame narrative. Franquin était allé jusqu'au bout de son délire.

VOILA UN CARCAN COLLECTIF QUI VOUS RAPPELLERA LE RÉGIME NAZI!

Copyright : Société de Diffusion du Dessin Franç

© Marijac

Nous étions en 1938. Oublions l'époque noire des années de guerre, noire en B-D comme ailleurs. 1944 c'est *Coq-Hardi !*, 1945 *Vaillant*, 1946 *O.K.*, *Tintin* mais aussi *Fantax*, et bien d'autres publications. La bande dessinée est repartie. Un homme-orchestre domine la période, Marijac, directeur de journal (excellent), scénariste (excellent), dessinateur (médiocre). Il fonde *Coq-Hardi !* en octobre 1944. Marijac avait créé (depuis 1934) un héros de western, *Jim Boum,* devenu ensuite explorateur malgré la passion de son auteur pour le vieil Ouest. Les pirogues ont l'avantage de ne pas avoir de pattes et les chevaux sont des animaux difficiles à dessiner… Dans *Coq-Hardi !* il crée *Les trois mousquetaires du maquis,* une B-D humoristique où l'on voit trois maquisards astucieux, l'Avocat, Pinceau et la Torpille, déjouer tous les pièges que leur tendent des Allemands, il est vrai particulièrement stupides. Dessiner des équidés lui posant toujours problème, il confie son *Poncho Libertas,* un western mexicain, à Le Rallic qu'il qualifie « d'excellent dessinateur de chevaux » ! Puis, en 1947, il écrit les scénarios de deux nouvelles bandes de grande qualité.

Guerre à la Terre, dessins de Liquois (première époque) et Dut (deuxième époque) est une remarquable série de science-fiction sur le thème de l'invasion de notre planète par les Martiens. Ces Martiens sont de deux sortes, des géants bestiaux et puissants, et de petits êtres intelligents mais physiquement faibles. Ces derniers s'allient aux Japonais pour conquérir notre globe. Un Français, Veyrac, est l'âme de la résistance; il est toutefois bien aidé par la neige et le froid qui déciment les monstres. Dans la

© Marijac

deuxième partie, un cataclysme a ravagé la Terre et toutes les races s'unissent pour lutter contre les éléments déchaînés. Les planches dessinées par Liquois sont passionnantes de bout en bout. La même année, Marijac écrit *Le capitaine Fantôme* dont il confie le dessin à Raymond Cazanave, une bande d'aventures située au temps de la flibuste.

Un enchaînement fatal de circonstances – ou peut-être la malédiction posthume du sinistre capitaine Fantôme – conduit un chevalier français pur et honnête, de Vyrac, à servir dans les rangs des Frères de la Côte sous le nom de capitaine Centaure. Sa passion pour une jeune noble espagnole, puis son mariage avec elle ajoutent une touche romantique à un scénario fertile en rebondissements; le père de la belle señorita n'est-il pas l'affreux gnome Pater Noster ? Ainsi la jeune fille est-elle aimée par cet être torturé, par le chevalier de Vyrac et par l'effroyable monstre qui se fait appeler le capitaine Fantôme. Au fil des épisodes, elle est tour à tour enjeu, proie et récompense pour ces êtres marqués par le destin.

Marijac publia très peu de bandes américaines et *Drago*, de Burne Hogarth, fut une exception. Ce strip ne dura

INSTINCTIVEMENT, VEYRAC ET SON COMPAGNON SE RETOURNENT. UN SPECTACLE HALLUCINANT S'OFFRE À LEUR VUE. D'ÉNORMES BOULES DE FEU ROULENT DANS LEUR DIRECTION

© Marijac

79

qu'un an aux États-Unis, de novembre 1945 à novembre 1946, puis fut interrompu par décision du *syndicate*; c'est pourquoi il n'en est pas fait mention dans le chapitre précédent. Mais le *Drago* de Marijac est spécial. Drago, un jeune Argentin en lutte contre le terrible baron Zodiac, nazi qui rêvait de devenir maître du monde, était aidé par son fidèle Tabasco et une jolie brune, Darby (Christiana dans *Coq-Hardi !*), dont il paraissait épris. À la fin du premier épisode, Zodiac parvenait à s'enfuir et Drago et Darby étaient séparés. Mais Hogarth fut obligé d'interrompre sa bande après les onze premières planches du deuxième épisode; il bâcla la fin, oubliant le baron Zodiac et précipitant Drago dans les bras d'une certaine Flamingo. Vingt ans plus tard, en visite à Paris, quelle ne fut pas la surprise de Burne Hogarth en découvrant dans *Coq-Hardi !* quatre planches supplémentaires – dessinées par lui-même – mettant fin aux sinistres exploits de Zodiac et rendant Drago à l'amour de Darby ! Marijac avait écrit cette fin et, pour l'illustrer, il avait découpé les personnages dans des cases du premier épisode et les avait agencés habilement. À l'époque, j'avais remarqué la similitude de certains dessins, ce que j'avais mis sur le compte de la paresse du dessinateur ! Naturellement, le procédé est indéfendable, pourtant – et à condition que la chose reste entre nous – j'avouerai que je trouve la version Marijac plus satisfaisante que l'originale...

Après *Coq-Hardi !* Marijac dirigea des hebdomadaires de B-D pour filles (*Mireille, Frimousse,* etc.) réalisés avec la même équipe de dessinateurs, mais dont les ambitions étaient plus limitées. On notera dans *Frimousse* l'apparition d'un nouveau dessinateur qui allait faire parler de lui plus tard : Jean-Claude Forest.

*

O.K fut un hebdomadaire d'importance bien moindre. Créé en juin 1946, il présenta surtout des séries comiques, mais aussi une intéressante bande de S-F, *Kaza le Martien,* de Kline. On y retrouvait un trio de Terriens dérivé de celui de *Flash Gordon*; un professeur, sa fille et son assistant, arrivés sur la planète Mars à bord de leur astronef. L'adjonction du Martien Kaza donnait un ton original au strip et nombre d'épisodes faisaient preuve de beaucoup d'invention. Toujours dans O.K, on découvrait

① JANE EPERDUE SE DEBAT DE TOUTES SES FORCES DANS LA LUTTE LE MARTIEN TRÉBUCHE CONTRE LE CORPS DE SON COMPAGNON MORT — PAR DEUX FOIS LE REVOLVER CLAQUE!

© Kline

Arys Buck, une histoire médiévale où un prince grand et fort, Arys Buck, affrontait démons et sorcières pour sauver une belle princesse. Rien d'original donc, sinon son comparse, un petit guerrier rabougri, Cascagnasse, dont la silhouette évoquait déjà celle d'Astérix. La bande était signée Uderzo.

Un double album, étonnant, conçu pendant la guerre et publié en 1944, occupe une place particulière : *La bête est morte,* de Calvo. En sous-titre, il portait la mention : « La guerre mondiale chez les animaux ». C'est une extraordinaire transposition de la Seconde Guerre mondiale dans le règne animal. Les Anglais sont des bulldogs, les Américains des bisons, les Français des lapins (hélas), les Russes des ours et les Allemands des loups inspirés du Grand Méchant Loup de Walt Disney. Curieusement, le général de Gaulle n'est pas un lapin comme ses com-

patriotes, mais la Grande Cigogne qui adresse sa fameuse proclamation aux « animaux de tous poils » ! Le texte, très revanchard, est devenu illisible, mais les illustrations restent exceptionnelles. Entre Benjamin Rabier et Macherot, Calvo fut notre meilleur dessinateur animalier.

Fantax paraissait sous forme d'un récit complet mensuel. Créé au début de 1946 par le dessinateur-éditeur lyonnais Chott, Fantax était un justicier masqué à l'américaine. Sous ce pseudonyme se cachait Lord Horace Neighbour, un noble anglais; sa femme, Lady Patricia, le secondait dans certaines aventures. Le succès de *Fantax* fut considérable à l'époque : les ventes dépassaient les cent mille exemplaires au numéro. Mais le fascicule disparut sous les coups de la censure qui lui reprochait sa violence. Un autre reproche, bien plus grave, aurait pu lui être fait : nombre de dessins de *Fantax* étaient directement décalqués sur des bandes américaines. Il s'agit bien de calques, non d'imitations; ainsi, au détour des pages on reconnaissait un dessin d'*X9* par Austin Briggs, ou de *Tarzan* par Hogarth ! L'héroïne de l'épisode *La rose du levant* (n° 24) n'était autre que la Dragon Lady de Milton Caniff. Chott savait choisir ses modèles. Pour aussi étonnant que cela puisse paraître, malgré des sources si hétéroclites, il réussissait à donner une unité générale à sa bande. Soyons sincère, j'ai pris plaisir à lire *Fantax* et je n'ai pas été surpris d'apprendre que les numéros de la première série sont aujourd'hui très recherchés et atteignent des cotes élevées. Toutefois, il ne me paraît pas acceptable de qualifier Chott de « Burne Hogarth français » comme je l'ai lu récemment sous la plume de jeunes amateurs. *Damned !* comme avait l'habitude de s'exclamer notre héros.

© Chott

D'abord publié au début de 1945 sous le titre *Le Jeune Patriote, Vaillant* va rapidement cesser d'être l'hebdomadaire des Jeunesses communistes pour devenir un journal de B-D tout public. Dès le mois de janvier 1946 commence la publication d'une des meilleures bandes de S-F jamais réalisées en France, *Les Pionniers de l'espérance,* de Roger Lécureux (textes) et Raymond Poïvet (dessins). Planètes lointaines, monstres fabuleux, « buveurs de mers » qui assèchent nos océans, toutes les ressources de la science-fic-

LES BULLES MAINTENANT ÉTINCE
LAIENT DE MILLE FEUX ET ÉCLA
TAIENT AU MOINDRE CONTACT!..
PUIS.. LE BROUILLARD SE DIS
SIPA ET LA PETITE TROUPE SE
MIT EN ROUTE...

tion d'aventures sont utilisées ici intelligemment. Mais les auteurs ne vont pas toujours chercher leur inspiration aux confins du cosmos, ainsi dans *Le jardin fantastique,* un des épisodes les plus aboutis, un simple jardin de banlieue leur suffit. Les Pionniers, Robert, Tsin-Lu, etc. se sont fait miniaturiser pour rechercher Maud, elle-même réduite à quelques centimètres de haut. Ils doivent alors affronter d'horribles monstres (fourmis, mouches, crabes) qui vivent en ces lieux. Cet épisode est et restera un des classiques de la B-D française.

Au début de 1948 un réfugié politique espagnol, José Cabrero Arnal, crée *Pif le Chien* dans *l'Humanité.* Avant la fin de l'année, le nouveau personnage dispose d'une page couleurs dans *Vaillant,* où Arnal dessinait déjà *Placid et Muzo* depuis deux ans : succès immédiat. Je n'ai jamais été un inconditionnel de Pif, mais il faut lui reconnaître drôlerie, entrain et astuce. Ses démêlés avec le chat Her-

cule, dont il ne sort pas toujours victorieux, supportent la relecture. Les scénarios font parfois appel au fantastique (peinture qui rend invisible, etc.), ce qui était assez rare dans les B-D comiques de l'époque. En 1952, *Vaillant* adjoint à son titre la mention « le journal de Pif », puis l'hebdomadaire réduit son format, augmente sa pagination.

Il se complète d'un gadget différent chaque semaine, et c'est la disparition du vieux *Vaillant* qui devient *Pif Gadget* le 3 mars 1969. Un autre personnage a marqué les débuts de *Vaillant* : Arthur, le Fantôme justicier, créé par Cézard en 1953. Le gentil petit Arthur n'a qu'un désir : gagner l'Écosse pour y hanter un château. Hélas, son bon cœur, les hasards de la route et la puissance d'un magicien l'en empêchent toujours.

La période la plus créative du magazine se situe à mon sens entre 1962 et 1970, ensuite le gadget eut tendance à prendre le pas sur les B-D. C'est sous le titre aujourd'hui assez ésotérique de *Nanar et Jujube* que Gai-Luron apparaît en septembre 1962. Son auteur, Marcel Gotlib, qui allait devenir un des maîtres de l'humour en France, ne donna que progressivement la vedette au chien. Le titre définitif, *Gai-Luron*, n'est d'ailleurs utilisé qu'à partir de 1966. Gai-Luron est un chien calme, peut-être philosophe, inspiré à son auteur par Droopy, le personnage des dessins animés de Tex Avery. Mais laissons Gotlib présenter son héros :

« Gai-Luron est un chien à qui il ne manque même pas la parole. Il paraît triste mais ce n'est pas de l'indifférence. Il parle peu mais n'en pense pas plus. Lorsque d'aventure il laisse échapper une phrase, c'est rarement lourd de sens et toujours à mauvais escient. (...) Gai-Luron est-il philosophe ? À cette question, il répond qu'"un chien à moitié endormi n'est rien d'autre, après tout, qu'un chien à moitié éveillé"... »

En mars 1965 débutent *Les aventures potagères du*

Concombre masqué, signé Kalkus, pseudonyme de Nikita Mandryka. Le Concombre restera quatre ans dans les pages de *Vaillant* avant d'émigrer dans celles de *Pilote* qui convenait mieux à son humour de l'absurde. Le Concombre vit retranché dans un cactus-blockhaus situé dans une sorte de *no man's land* où il partage son temps entre la lecture (des comics, *Krazy Kat,* ou des livres, *Alice au pays des merveilles*) et des aventures qu'il me serait bien difficile de résumer car le non-sens y règne en maître. Par exemple, croyant avoir une araignée

au plafond, le Concombre tente de pénétrer dans sa propre tête par la fenêtre de sa chambre qui communique avec celle de l'araignée ! Mandryka fit très tôt éclater le cadre trop rigide des cases traditionnelles de la B-D et ses personnages se répandirent dans toute la page. Quant à la langue du Concombre masqué et des autres légumes qui l'entourent (bretzel liquide !), elle est pour le moins originale et contribue à l'atmosphère démente de la bande : « Protz-chniak ! Quel horrible grochemard ! » s'exclame le Concombre en entendant des éléphants jouer au bowling dans son grenier. Une grande réussite d'humour dingue dédiée, on s'en douterait, au créateur de *Mad*, Harvey Kurtzman.

Rahan, l'homme de la préhistoire, dessins d'André Chéret sur des scénarios de Roger Lécureux, paraît en mars 1969 dans *Pif Gadget*. Rahan, c'est l'un des premiers homo sapiens du clan de « ceux-qui-marchent-debout ». C'est lui qui apporte le feu à l'homme, lui apprend à se protéger du froid et des animaux sauvages; c'est un être épris de connaissance et aussi de fraternité humaine. Il s'oppose tout naturellement aux sorciers et aux chefs de tribus jaloux de leur autorité. Une série intelligente dont le succès ne se dément pas; je lui ferai cependant un reproche : un certain manque d'humour. On est loin d'*Alley Oop* et de son dinosaure apprivoisé ! La même année débuta *La jungle en folie,* dessins de Mic Delinx

sur des scénarios de Christian Godard, une série qui ne risque pas d'encourir le même reproche que *Rahan*. Tout est drôle dans cette jungle peuplée d'un tigre végétarien, d'hippopotames médecins et de crocodiles poètes, sans compter nombre de petites bestioles à divers stades de démence. Enfin, en 1970, *Pif Gadget* commença la publication des aventures de *Corto Maltese* de Hugo Pratt, mais je renvoie au chapitre de ce livre consacré à la B-D européenne pour l'analyse de cette œuvre importante.

*

Interrompu en 1943, *Spirou* reparaît dès le 5 octobre 1944. Côtoyant des bandes américaines, on y trouve *Valhardi* de Jijé, *Tif et Tondu* de Dineur et, bien sûr, *Spirou* lui-même dessiné jusqu'en 1946 par Jijé. Premier grand moment du journal, André Franquin apparaît et donne une autre dimension à *Spirou*; puis, en 1947, deux nouvelles séries importantes voient le jour : *Lucky Luke* de Morris, et *Buck Danny*.

L'homme qui tire plus vite que son ombre, Lucky Luke, est devenu, avec Tintin, Astérix et Gaston, l'un des quatre plus célèbres héros de la B-D d'expression française. Ce western parodique met en scène tous les mythes de l'Ouest, tels que le cinéma américain nous les avait révélés. On y retrouve Billy the Kid, le juge Roy Bean, Calamity Jane et, bien sûr, les Dalton. Lucky Luke, le cow-boy nonchalant, et son cheval super-doué, Jolly Jumper (il joue aux échecs avec son maître), ont d'abord affaire aux vrais Dalton, puis l'idée de génie de René Goscinny (devenu scénariste de *Lucky Luke* à partir de 1955) est de créer les cousins Dalton, physiquement semblables, et totalement stupides. Ajoutons-y Ran Tan Plan, un chien parfaitement idiot qui n'a jamais vraiment compris qui est son maître, et nous aurons une idée de l'ambiance de la bande. Le dessin de Morris s'est affiné au fil des années et la bande,

© Morris/Dargaud

de franchement parodique au début, est devenue semi-réaliste sans perdre de son intérêt. Un regret, les jolies filles n'abondent pas dans l'univers de Morris et les saloons que fréquentaient Gary Cooper ou Henri Fonda me semblaient plus accueillants.

L'excellent scénariste Jean-Michel Charlier prit, si l'on peut dire, l'avion de *Buck Danny* en marche. En effet, le dessinateur Victor Hubinon travailla sur des textes de Troisfontaines pour les treize premières planches de cette série, dont la parution débuta en janvier 1947. C'était au départ un récit de guerre proaméricain, imité de *Terry and the Pirates*. Charlier et Hubinon prenaient leur travail très au sérieux et passèrent leur brevet de pilote afin de pouvoir mieux se mettre à la place du colonel Buck Danny et de ses compagnons, Sonny Tuckson et Tumbler. Le strip resta néanmoins marqué par Milton Caniff et quand, à la fin des années cinquante, apparut la redoutable espionne Lady X, je ne pus m'empêcher de penser à la Dragon Lady. Avec le temps, Charlier fit évoluer ses personnages et Buck Danny est moins militariste qu'il n'était à ses débuts. Hubinon décédé, c'est aujourd'hui Bergèse qui assure la bande avec un succès égal, le dernier album, paru en 1988, étant encore un best-seller.

© Charlier-Hubinon/World Creations

Et le soir, à la lueur d'un grand feu, les Schtroumpfs dansent et chantent. Bref, ils sont heureux.

© Peyo/I.M.P.S.

1952 voit l'arrivée discrète de Peyo, qui amène avec lui un héros moyenâgeux, *Johan,* créé dans *La Dernière Heure* quelques années plus tôt. En 1954, il lui adjoint un petit compagnon Pirlouit, qui plaît au jeune public et assure le succès de la bande. Le 8 mai 1958 débute *La flûte à six trous,* une nouvelle aventure des deux compères que rien ne semblait distinguer des autres. Le 21 août une petite main bleue désigne la flûte magique oubliée par Pirlouit et on entend une voix dire : « Vas-y. Bonne schtroumpf ! » Peyo ne se doutait pas qu'il venait de découvrir une mine d'or : les Schtroumpfs. *Johan et Pirlouit* ont disparu, mais *les Schtroumpfs* sont aujourd'hui un succès international. Ce peuple de lutins bleus vit à l'écart de la civilisation de l'homme. Ils sont tous semblables quoique dotés de personnalités différentes, mais leur principale caractéristisque est de schtroumpfer le schtroumpf; pardon, de parler le « schtroumpf ». Une langue où l'on peut remplacer les substantifs par le mot « schtroumpf » et les verbes par « schtroumpfer ». Le *merchandising* de ces petits personnages représente aujourd'hui un chiffre d'affaires énorme; Peyo a réellement eu un coup de schtroumpf en schtroumpfant ces Schtroumpfs-là.

Dans *Spirou* allait maintenant naître un cow-boy, puis un détective. *Jerry Spring* a été créé en 1954 par Jijé (Joseph Gillain). Héros solitaire et sans attaches, défenseur des opprimés, il parcourt l'Ouest en quête d'aventures et de torts à redresser; Jerry Spring est l'incarnation du héros positif. Ce western réaliste n'a rien à envier aux classiques américains du genre et il faudra attendre l'apparition du Lt Blueberry, dessiné par un élève de Jijé, Jean Giraud (alias Moebius), en 1964, pour le surpasser. Le détective est *Gil Jourdan*. Créé en 1956 par Maurice Tillieux, ce personnage faisait suite à *Félix,* que l'auteur avait dû abandonner pour des questions de droits; *Gil Jourdan* en est une version à peine modifiée. Tillieux accompagne son nouveau détective d'un monte-en-l'air repenti (?), Libellule, spécialiste en calembours nuls, et de l'irascible inspecteur Croûton. Ce trio de choc s'attaque à des enquêtes intelligemment imaginées et remarquablement mises en images par leur auteur. L'art de peindre les ports dans la brume ou les villes au crépuscule ne trouve d'équivalent que dans *The Spirit* de Will Eisner. Bien qu'il s'agisse d'une bande réaliste, l'humour y est toujours présent et les mauvais jeux de mots de Libellule sont tellement énormes qu'ils en deviennent drôles.

92

Le 28 février 1957 est une date historique, tant dans l'histoire du journal *Spirou* que dans celle de la bande dessinée. Ce jour-là parut un dessin unique présentant *Gaston Lagaffe,* « héros sans emploi ». André Franquin va bientôt lui en trouver un et, avant la fin de l'année, Gaston est engagé comme garçon de bureau par Fantasio, alors secrétaire de rédaction aux éditions Dupuis. En général, Gaston dort dans son bureau au milieu d'un amoncellement de courrier en retard. Malheureusement, Fantasio veut le faire travailler; alors, les cataclysmes se déchaînent. Il suffit que Gaston touche à un objet pour le pervertir et le rendre redoutable. Ses expériences de chimie « amusante » détruisent un jour tout un étage des éditions Dupuis... Quant au fait d'abriter dans son bureau un chat, une mouette rieuse, un cactus géant, parfois une vache, il n'est pas fait pour rendre la vie facile à ses collègues. Même lorsqu'il quitte subrepticement son poste en laissant à sa place un Gaston en latex grandeur nature, il

© Franquin/Dupuis

demeure tout aussi dangereux. Les nerfs de Fantasio n'y tinrent pas et il préféra quitter son poste pour parcourir le monde avec Spirou, laissant Prunelle aux prises avec Gaston. Seule Mlle Jeanne est en adoration devant Lagaffe, adoration chaste semblait-il, mais des dessins

inédits pour la carte de vœux de Noël 1987 des éditions Dupuis, et quelques croquis aperçus dans l'atelier de Franquin, semblent indiquer qu'elle n'a pas été cruelle à Gaston. Est-il besoin de le dire, *Gaston Lagaffe* est un chef-d'œuvre, au même titre que *Peanuts* aux États-Unis. Humour, intelligence, astuce, qualité graphique exceptionnelle, tout y est. N'en déplaise aux amateurs d'*Astérix* ou *Tintin,* pour moi, *Gaston Lagaffe* est la meilleure bande dessinée d'expression française.

M'enfin !

En 1959 paraît un mini-récit de Roba, *Boule et Bill contre les mini-requins,* qui révélait une nouvelle série vedette de *Spirou* : *Boule et Bill*. Le cocker Bill et son petit maître Boule sont gentils et drôles; ils conquièrent

les jeunes lecteurs, mais aussi leurs parents. Puis les grandes créations se raréfient. 1969 : apparition de *Natacha,* la charmante hôtesse de l'air de Walthéry, dont chaque aventure comique est prétexte à dévoiler (de plus en plus) les charmes. 1970 voit l'arrivée des *Tuni-*

© Walthery/Dupuis

ques bleues, textes de Cauvin, dessins de Salve puis Lambil : western parodique situé pendant la guerre de Sécession; chaque « mort » du caporal Blutch pendant une charge est un régal.

Toujours en 1970, Roger Leloup crée *Yoko Tsuno,* la jolie et toute jeune électronicienne japonaise. Elle partage son temps entre la Terre où elle résout des énigmes policières et la planète Vinéa où elle vit une grande saga de science-fiction. Je terminerai avec une héroïne récente : *Laïyna,* dessins de Hausman, textes de Dubois, née en 1987 et vieille de deux albums seulement, *La forteresse de pierre* et *Le crépuscule des elfes.*

Excellent récit de fantasy où une fillette, Laïyna, après le massacre de sa famille, est élevée par des elfes, puis les aide dans leur lutte contre des hommes mauvais.

Avant de quitter *Spirou,* il convient de signaler une passionnante tentative de renouvellement venue de l'intérieur (de la cave, pour tout dire !) de ce journal. Elle prit la forme d'un supplément encarté dans l'hebdomadaire à partir du 17 mars 1977. Il était intitulé *Le Trombone illustré* et son titre était superbement dessiné par Franquin; on y découvrait un évêque, le

© Leloup/Dupuis

© Franquin

marsupilami, un vieillard niché dans le « O » du mot trombone, et d'autres personnages arrivés à divers stades de démence. Ce supplément était supposé être réalisé en cachette dans la cave de *Spirou* ! L'éditorialiste du premier numéro, Jules-de-chez-Smith-en-Face, écrivait : « Ben voilà. On s'était dit : Et si on faisait un journal ? Il fallait des dessinateurs. On a réussi à convaincre Franquin et les autres. (...) Il fallait un titre. On a trouvé qu'un trombone, c'est mieux qu'une matraque cloutée. » Sous le pseudonyme de Jules-de-etc. se cachait Yvan Delporte, ancien rédacteur en chef de *Spirou* et vieux complice de Franquin. C'est dans le premier numéro de cet « hebdomadaire clandestin » que Franquin commença son extraordinaire série des *Idées noires,* destinée à un public plus adulte que celui de *Gaston*; une série où il réglait ses comptes avec certains profiteurs de notre société. La rédaction officielle du magazine voyait ce supplément d'un assez mauvais œil et obligea Delporte à faire figurer dans chaque numéro la mention : « Les auteurs de nos dessins et textes soulignent l'entière indé-pendance de leurs œuvres qui ne peuvent engager la rédaction de *Spirou*; de même leurs opinions ne reflètent pas nécessairement celles de l'éditeur. » En d'autres ter-mes, les éditions Dupuis tenaient *Le Trombone illustré* pour un brûlot gauchiste ! De nombreux dessinateurs de premier plan y apportèrent leur collaboration (Mézières, Tardi, Bilal, Moebius, Alexis, Gotlib, F'Murr, Bretécher, Comès, Rosinski, etc., et presque toute l'équipe de *Spirou*). Hausman y créa *Zunie,* une héroïne qui annonçait Laïyna. L'expérience prit fin le 29 octobre 1977 après trente numéros, l'esprit du journal et celui de l'hebdo clandestin n'étaient vraiment pas compatibles. « C'est triste de quitter notre cave, où on s'est vraiment bien amusés, mais trop de difficultés, administratives et autres, nous empêchent de continuer comme on le souhaitait. La mort dans l'âme, nous avons pris la décision : on s'en va. » C'était signé : Jules-de-chez-Smith-en-Face.

*

À partir d'octobre 1946, *Tintin* va avoir son propre journal, en Belgique d'abord, puis en édition française trois ans plus tard. La direction de *Spirou* avait raté le coche ; Hergé, sans éditeur et sans travail, était venu lui proposer son personnage. Hergé fut rejeté, accusé d'être un « collabo » ; homme de droite, très à droite même, on lui reprochait d'avoir travaillé pour un journal collaborateur pendant la guerre. Le nouvel hebdomadaire, propulsé par les aventures de *Tintin,* allait révéler un des duos les plus célèbres de la B-D d'expression française : *Blake et Mortimer.* Son auteur, Edgar P. Jacobs, avait débuté en

Le jour va tomber. Il faut chercher un lieu où passer la nuit en toute sécurité. L'idéal serait de trouver quelque chose près de la porte Nord, de façon à surveiller la sortie de Garofula...s'il n'a pas déjà quitté la ..... place !...

© Jacques Martin/Casterman

1942 en poursuivant les aventures de *Flash Gordon* dans *Bravo*. La bande américaine – même *made in Belgium* – ayant été interdite par la censure allemande, Jacobs fut chargé de lui trouver un substitut. C'est *Le rayon « U »*, où l'on retrouve le trio Flash, Dale, Pr Zarkov sous les noms de Walton, Sylvia et le Pr Marduk. Le trait est encore hésitant, rien ne permet de prévoir que Jacobs va devenir un maître, à l'égal d'Hergé. Mais, précisément, les deux hommes vont alors collaborer et c'est un nouveau dessinateur que révèle en 1946 le premier épisode de *Blake et Mortimer*. Avec le second, *Le mystère de la Grande Pyramide,* Jacobs nous donne son chef-d'œuvre. Le Pr Mortimer et le capitaine Francis Blake sont mis en présence d'un texte de l'historien grec Manéthon citant un trésor pharaonique enfoui dans la chambre d'Horus, une salle restée secrète de la Grande Pyramide. Les reconstitutions des peintures et sculptures égyptiennes sont d'une qualité exceptionnelle, et l'on pourrait parler de B-D hyperréaliste si ce terme n'était plutôt employé pour la peinture. Les illustrations de Jacobs témoignent d'un énorme travail de recherche et de documentation, et la complexité des scénarios égale la précision des dessins. Toutefois la série des *Blake et Mortimer* souffre d'une faiblesse qu'il serait vain de nier : la longueur excessive

98

des textes. J'ai découvert une réplique de Mortimer qui compte huit cents signes typographiques; par comparaison, une page de ce livre en comporte seulement deux mille ! Certaines bulles contiennent un texte immense et le dessin est minuscule, ce qui est la négation même de la bande dessinée. Cette réserve faite, les huit aventures de *Blake et Mortimer* restent des modèles du genre.

Un autre représentant de la ligne claire peut être trouvé dans le Français Jacques Martin, qui collabora lui aussi longtemps avec Hergé. Il crée *Alix l'intrépide* en octobre 1948 dans le journal *Tintin*. Jeune Gaulois très latinisé, Alix vit des aventures héroïques dans la Rome antique reconstituée avec la même minutie que Jacobs mettait à dessiner le musée du Caire. Intrépide, Alix l'est réellement, comme dans *Les légions perdues,* où il brave la colère de Pompée et risque sa vie dans l'arène pour sauver un esclave.

© Martin, Chaillet/Casterman

En 1949, il rencontre un adolescent égyptien, Enak, qui l'accompagne désormais. Jacques Martin a créé en 1952 un autre personnage, plus âgé qu'Alix et cette fois contemporain, *Lefranc,* grand reporter vivant des aventures hors du commun qui peuvent mettre en jeu jusqu'à l'équilibre planétaire. Aujourd'hui, Jacques Martin n'est plus que le scénariste de cette série dont les dessins sont assurés par Gilles Chaillet.

Le meilleur dessinateur animalier de la B-D européenne, depuis la disparition de Benjamin Rabier, puis Calvo, est sans conteste Raymond Macherot. Le premier épisode de

Chlorophylle fut publié dans l'édition belge de *Tintin* entre avril et novembre 1954, il était intitulé *Chlorophylle contre les rats noirs.* Macherot y racontait la lutte d'un lérot, Chlorophylle, contre Anthracite, le roi des rats noirs. À partir du second épisode, notre héros, pardon notre lérot, dirait Libellule, trouve un ami dans la personne d'un mulot, Minimum, qui partage désormais toutes ses aventures. En passant de *Tintin* à *Spirou,* Macherot a malheureusement abandonné *Chlorophylle* à d'autres mains. Il dessine aujourd'hui *Sybilline,* une souris proprette, astucieuse, mais à qui il manque le je ne sais quoi antérieur.

Viennent alors quelques personnages qui ont rencontré les faveurs d'un très jeune public, mais n'ont jamais réussi à me passionner, sans doute parce que je les ai découverts trop tard. *Ric Hochet* de Duchateau, textes, et Tibet, dessins, est un journaliste-détective classique, né en 1955. Tibet avait créé deux ans plus tôt un western parodique, *Chick Bill,* où règnent encore des jeux de mots faciles : le shérif adjoint se nomme Kid Ordinn ! En 1957, Jean Graton nous donne *Michel Vaillant,* l'histoire d'un coureur automobile qui côtoie tous les vrais champions de ce sport, ce qui confère à la série un ton très authentique. La minutie du détail dans le dessin des voitures renforce encore ce sentiment. *Oumpah-Pah le Peau-Rouge* fait son apparition en 1958; il avait été conçu trois ans plus tôt par René Goscinny et Albert Uderzo. Cet aimable Indien du XVIIIe siècle et son ami Hubert de la Pâte Feuilletée sont les héros d'une bande comique de bonne tenue, mais les auteurs ont fait tellement mieux… *Line,* de Cuvelier, est d'abord parue dans le journal portant son nom, puis a aussitôt émigré dans *Tintin.* Line est une toute jeune

100

fille, impulsive, généreuse et intrépide, ce qui la précipite dans une série d'aventures généralement réservées au sexe fort. Cuvelier la fit quelque peu vieillir dans le dernier épisode, *La caravane de la colère,* et un soupçon d'érotisme y fit son apparition. *Cubitus,* de Dupa, est plus récent puisqu'il date de 1968; ce gros toutou paresseux et drôle ressemble à un gros chien en peluche doué de la parole et plaît beaucoup aux jeunes.

Mais la dernière grande création de *Tintin* est *Thorgal,* la série de Jean Van Hamme, textes, et Rosinski, dessins, débutée fin 1977. Cette bande d'aventures fantastiques a pour héros Thorgal, un enfant des étoiles élevé par une tribu viking. Van Hamme a imaginé de savantes intrigues de fantasy qui renouvellent complètement la B-D d'aventures traditionnelle. La bande a évolué avec le temps, Thorgal a épousé la fière princesse viking Aaricia, résisté

101

au charme trouble de Kriss de Valnor, découvert le secret de sa naissance et combattu le seul être qui le rattachait à son passé d'outre-Terre. Le dernier épisode a pris beaucoup d'ampleur, il s'étend sur trois albums, et a permis à Rosinski de créer de magnifiques images de navires volants. On sent qu'une étape a été franchie. *Thorgal* va sans doute se diriger vers une plus grande maturité.

*

Avec *Coq-Hardi !*, *O.K*, *Vaillant*, *Spirou* et *Tintin*, voilà fait le tour des principaux hebdomadaires de bandes dessinées pour enfants, excepté *le Journal de Mickey* qui ne publie que des séries américaines. Restent des B-D destinées à un public nettement plus âgé, souvent adulte.

Barbarella en fut évidemment le fer de lance et le porte-drapeau. Créée en 1962 dans le trimestriel *V-Magazine* par Jean-Claude Forest, elle attira aussitôt l'attention de tous les amateurs. L'héroïne anglaise *Jane* étant à peu près inconnue en France, c'était la première fois qu'on voyait la nudité féminine représentée dans une B-D. Aujourd'hui, *Barbarella* intéresse par sa poésie, son invention, mais à l'époque – reconnaissons-le – ce fut surtout son érotisme qui frappa. Inspirée à la fois de Flash Gordon et de Brigitte Bardot, cette fille de l'espace vivait des aventures perverses et déshabillées sur une planète onirique tyrannisée par la cruelle Reine Noire. La parution en magazine n'aurait pas suffi à assurer la renommée mondiale du personnage s'il n'avait été réédité en album en 1964 au Terrain Vague. Au nom de la tristement célèbre loi de 1949 sur la protection de la jeunesse, la censure s'acharna sur *Barbarella,* tenue pour un brûlot de pornographie ! À noter que la parution dans *V-Magazine* (à bas prix) n'avait pas suscité l'ire des censeurs, tandis que l'album (fort cher) mettait en péril la moralité de nos enfants (sans doute fortunés). Mais ces démêlés grotesques avec la censure firent la une des journaux et assurèrent une énorme publicité au personnage. Dès la fin 1965 *Barbarella* paraissait aux États-Unis, d'abord dans la revue intellectuelle *Evergreen* (aux côtés de Kerouac, Robbe-Grillet, Beckett !), puis en volume l'année suivante. En 1967, elle était adaptée au cinéma par Roger Vadim et incarnée par Jane Fonda. Jean-Claude Forest aurait alors pu dessiner des *Barbarella* à la chaîne, mais il se détourna d'elle et voulut créer d'autres personnages (*Bébé Cya-*

© J.-C. Forest

nure, Hypocrite, etc.). En 1972, dans *Mystérieuse, matin, midi et soir,* une bande inspirée de *L'île mystérieuse* de Jules Verne, il alla même jusqu'à la montrer vieillie à la place du capitaine Némo ! Il finira pourtant par donner trois suites aux premières aventures de *Barbarella,* mais le charme était rompu.

En 1964, Forest devint rédacteur en chef de l'éphémère journal *Chouchou.* Outre *Bébé Cyanure,* il y créa en tant que scénariste *Les naufragés du temps,* une série de science-fiction dessinée par Paul Gillon. Surprenant duo que cette réunion de l'auteur de *Barbarella* et de celui de *13, rue de l'Espoir,* un *soap opera* à la française ! Le résultat fut pourtant bon. La bande fut interrompue par la disparition de *Chouchou,* puis reprise dans France-Soir d'abord, dans *Métal Hurlant* ensuite, enfin en albums. À partir du cinquième épisode Gillon devint son propre scénariste. Le thème initial est proche de celui de *Buck Rogers* : un couple mis en hibernation se réveille mille ans dans le futur.

V-Magazine nous faisait ensuite découvrir deux autres héroïnes de charme. En 1965, *Scarlett Dream* de Claude Moliterni, textes, et Robert Gigi, dessins, série inspirée de James Bond tout autant que de Barbarella. Scarlett

Dream joue aussi bien de ses charmes que du couteau, toutefois son univers est plus proche de la fantasy que du récit d'espionnage. Le dessin de Gigi est remarquable d'élégance. En 1967, encore dans *V, Blanche Épiphanie,* textes (hilarants) de Jacques Lob et dessins (pulpeux) de Georges Pichard : les auteurs ont voulu faire là une parodie de mélo à la manière des feuilletons du XIXᵉ siècle. Blanche est une orpheline pure et virginale en proie à la convoitise du banquier Adolphus. Bien d'autres hommes voudront abuser de son innocence, mais son voisin benêt, sous

le masque de Monsieur Défendar, est là pour la protéger. Toutefois, dans le dernier épisode, où elle s'abandonne enfin, Défendar la découvrira enceinte d'un autre... *Blanche Épiphanie* a suivi le même itinéraire que *Les naufragés du temps*, ses aventures se sont poursuivies dans *France-Soir*, puis *Métal Hurlant*, en album enfin.

En septembre 1960 paraît le premier numéro d'*Hara-Kiri*, journal bête et méchant. La B-D ne sera qu'un des moyens d'expression de cet hebdo qui introduit une nouvelle forme d'humour contestataire dans une presse encore très conservatrice. Pornographie, grossièreté, scatologie, aucune forme de provocation ne lui sera étrangère. Fred, Reiser, Gébé, Willem, Cabu, Wolinski, etc. vont s'y révéler. *Hara-Kiri* est important dans l'histoire de la bande dessinée française, non tant par les séries qu'il publia, mais par l'influence qu'il eut sur toute une nouvelle génération de dessinateurs; d'autant que l'équipe d'*Hara-Kiri* contribua à transformer *Pilote* en un journal plus adulte.

Fred, l'un des fondateurs d'*Hara-Kiri* avec Cavanna, y publie en 1963 *Le petit cirque,* un chef-d'œuvre de fantastique poétique. Un couple, Léopold et Carmen, conduit une roulotte tirée par deux chevaux-clowns sauvages et rencontre acrobates, hommes-obus, le Père Noël, mais décalés, placés dans un contexte proche du non-sens. À la fin du récit, l'auteur intervient lui-même grâce à une technique de montage photographique. On le voit ainsi remonter avec une clef la roulotte de ses héros comme s'il s'agissait d'un jouet. Celle-ci était retombée au sol après la crevaison des ballons rouges qui la faisaient voler. « J'ai eu peur, Léopold, un instant, j'ai cru que nous étions cassés ! » conclut Carmen.

Wolinski est avant tout un humoriste, plus qu'un dessinateur de bande dessinée; néanmoins, nombre de ses dessins sont organisés en séquences narratives. Il est par ailleurs un excellent scénariste. Wolinski rejoint *Hara-Kiri* dès le n° 7, mais publie souvent ailleurs. Une de mes œuvres favorites, qui date de décembre 1967, est le petit album intitulé *Je ne pense qu'à ça*, tiré à deux cent cinquante exemplaires, et utilisé par l'éditeur Jean-Jacques Pauvert comme cartes de vœux ! La « philosophie » de cet ouvrage peut être résumée par un des gags montrant un couple enlacé. La femme demande : « À quoi penses-tu ? » et l'homme répond : « Ta gueule, jouis ! » Inutile de préciser que Wolinski joue à être un « sale phallocrate », et l'album s'achève sur la vision d'une femme aplatie par un magnifique coup de pied au cul du mâle repu. On constate la rapidité de l'évolution depuis *Barbarella*.

Hara-Kiri publia en 1967, sous forme d'encarts couleurs, une bande « pop art », *Pravda la Survireuse,* de Guy Peellaert, dessins, et Pascal Thomas, scénario. On y découvrait une amazone à motocyclette, Pravda, seulement vêtue d'un boléro et d'une large ceinture de cuir, qui traversait une ville peuplée de dégénérés. Peellaert avait pris pour modèle la chanteuse Françoise Hardy et, malgré la tenue légère du personnage, la ressemblance était frappante. Le style ultramoderne du dessin impressionna les professionnels, mais ne fit pas école comme on aurait pu s'y attendre. Peellaert avait réalisé un album l'année précédente, *Jodelle* (inspiré par Sylvie Vartan), mais il se détourna ensuite de la B-D. Quant à Pascal Thomas, il devint cinéaste, comme on le sait. *Pravda la Survireuse* reste une réussite isolée.

Reiser collabora à *Hara-Kiri* dès le premier numéro, mais *La vie au grand air,* série que j'apprécie particulièrement, débuta en 1970. Reiser était un humoriste très noir, un observateur féroce de la nature humaine. *La vie au grand air* est une satire du retour à la nature, du retrait de la société, mais aussi une caricature qui nous renvoie à nous-mêmes en l'image de sauvages qui ont tous nos travers, toutes nos névroses. Parmi les autres

réussites de cet artiste de premier plan, il faut citer *Vive les femmes !* et *Gros dégueulasse*. Reiser ne respectait aucun tabou, même les mieux établis. Combien de fois n'a-t-il pas ironisé sur le cancer ? Or, Reiser, comme son ami Pierre Desproges dont les formes d'humour étaient proches (qui ne connaît son terrible : « Noël au scanner, Pâques au cimetière »), est mort de cette maladie. Cruelle ironie du destin.

Nous allons retrouver Cabu et Fred dans *Pilote*. Quant aux autres dessinateurs révélés dans *Hara-Kiri*, ils sont surtout des humoristes qui n'ont pratiqué la B-D que très occasionnellement.

*

Chronologiquement, *Pilote* a précédé *Hara-Kiri,* mais il ne fut le creuset de la nouvelle B-D française qu'au bout de quelques années, c'est pourquoi je le place après le magazine « bête et méchant ». *Pilote* fut donc créé en octobre 1959 essentiellement par René Goscinny, assisté d'Albert Uderzo et Jean-Michel Charlier. C'est dans le nº 1 que parut *Astérix le Gaulois*, dessiné par Uderzo sur un texte de Goscinny. Graphiquement le personnage rappelait le petit guerrier Cascagnasse rencontré dans *O.K*, mais le scénario n'avait plus rien de commun. Goscinny est un maître du jeu de mots, il a le sens de l'anachronisme et des situations cocasses. Tout le monde connaît aujourd'hui les deux Gaulois Astérix, Obélix, et la potion magique du druide Panoramix qui leur donne une force surhumaine et leur permet de triompher de leurs adversaires. Reconnaissons-le, les limites du chauvinisme franchouillard sont parfois atteintes. Cela étant, Obélix, qui porte un menhir d'une main et dévore un sanglier de l'autre, Astérix, le petit Gaulois malin, le druide Panoramix, le chef Abraracourcix, le barde Assurancetourix, César, les Romains sont bien campés. Le point faible vient des femmes, inexistantes; on se demande vraiment quelle peut être l'origine du mot « gauloiserie »! Goscinny, voulant écrire pour les enfants comme pour les adultes, s'accrochait à une conception de la B-D d'autrefois. Pourtant, le succès d'*Astérix* dépassa largement le public traditionnel de la bande dessinée : chaque album a vendu plus d'un million d'exemplaires !

Sur un autre scénario de René Goscinny, Jean Tabary dessina *Les aventures du calife Haroun El Poussah* en 1962, dans *Record,* puis dans *Pilote*. Bientôt le grand vizir Iznogoud vola la vedette au calife et la bande prit son nom. Cette série humoristique est fondée sur une situation unique : l'affreux Iznogoud veut éliminer le brave calife pour prendre sa place, mais les circonstances – béni soit le Prophète – l'empêchent toujours de parvenir à ses fins. Malgré son caractère répétitif, *Iznogoud* est le plus souvent drôle grâce aux trouvailles de Goscinny.

Là encore, l'absence de femmes reste le point faible de la série, il faudra

JE VEUX ÊTRE CALIFE À LA PLACE DU CALIFE!

© Tabary

ICI, VOLUME SOURNOIS ET REBELLE !

CRIC

© Greg/Dargaud

attendre la mort de Goscinny pour que Tabary se souvienne de l'existence d'un harem à la cour du calife, dans *Izno-goud et les femmes*.

Nous avons déjà cité le nom de Greg qui reprit *Zig et Puce* en 1963. Également auteur de très nombreux scénarios, il est surtout le créateur d'*Achille Talon*, débuté en 1963 dans *Pilote*. À travers le personnage caricatural d'Achille Talon, monument de bêtise et d'égocentrisme au langage ampoulé, Greg montre beaucoup de finesse psychologique pour peindre les ridicules de ses contemporains. Le dessin est plus complexe qu'il n'y paraît, et les personnages prennent du mouvement grâce à certaines astuces graphiques. Greg a donné leur chance à nombre de jeunes dessinateurs et son importance dans la B-D franco-belge ne se limite pas au seul *Achille Talon*, bien qu'il s'agisse d'un énorme best-seller.

JE SUIS UNE PETITE PESTE, VOUS SAVEZ...

IL N'Y A PAS D'INCOMPATIBILITÉ ENTRE NOUS...

Venu à la B-D par *Hara-Kiri*, Cabu crée *Le Grand Duduche* en 1963 dans *Pilote*. À l'origine ce personnage était essentiellement un potache, amoureux transi de la fille de son proviseur. Dans les premiers temps, Cabu se moquait plus qu'il ne dénonçait. Par la suite, le choc de Mai 68 aidant, la bande est devenue plus politique, plus féroce dans sa description de la société de consommation vue depuis la cours de récré du lycée. Aujourd'hui Cabu

© Cabu/Albin Michel

utilise la B-D pour son combat politique; il attaque ainsi les militaires, les racistes, les gens du showbiz, les promoteurs immobiliers, etc. *Le Grand Duduche* n'est plus. Un personnage d'ignoble facho, *Mon beauf'*, a pris la relève chaque semaine dans *Le Canard enchaîné*.

L'année 1963 est décidément une grande année pour le magazine édité par Georges Dargaud : après *Achille Talon*, c'est *Blueberry* qui y voit le jour. Dessins de Jean Giraud (alias Gir ou Moebius) sur des textes de Jean-Michel Charlier. *Blueberry* reste le meilleur western de la B-D, *The Lone Ranger* et autres séries américaines comprises. La bande à ses débuts racontait les exploits du Lt Blueberry, amateur de bagarres, de jolies filles et de jeu, et ceux de son vieil ami Jimmy Mac Clure, un ivrogne au grand cœur. Puis Giraud a transformé son héros au fil des épisodes. Chassé de l'armée, condamné pour un crime qu'il n'a pas commis, Blueberry est devenu un proscrit, une sorte de antihéros. Il va jusqu'à se réfugier et vivre parmi les Indiens sous le nom de Nez Cassé. Il manque même de s'y marier ! Les paysages de l'Ouest (que Giraud connaît bien) sont magnifiquement rendus. L'atmosphère de la série est plus proche des westerns récents que des films où s'illustrèrent John Wayne, on sent la sueur et le sang. Depuis 1975, Giraud et Charlier ont entrepris parallèlement une nouvelle série, *La jeunesse de Blueberry*, qui raconte les premières années de la vie de leur héros (dessinée depuis 1985 par Colin Wilson). En principe *Le bout de la piste* (1986) devait conclure les aventures de Blueberry (il est enfin réhabilité), mais l'annonce de son mariage avec Chihuahua Pearl pourrait bien relancer l'histoire.

Auteur d'*Hara-Kiri*, Fred crée *Philémon* dans *Pilote*, en 1966; cette série se poursuit depuis lors. Philémon est un jeune garçon, rêveur éveillé, qui nous conduit dans un univers onirique et poétique qu'il découvrit un jour en tombant dans un puits. Mais Philémon n'a absolument pas le caractère « gentillet » habituel aux bandes poétiques. Tout comme dans *Little Nemo* une certaine cruauté amère s'y fait sentir, par exemple lors de l'attaque des lampes naufrageuses. Fred démontre là encore qu'il est un des talents les plus originaux de la B-D française.

En 1966, un an seulement après avoir commencé à dessiner, Philippe Druillet réussit l'exploit de faire paraître un album au Terrain Vague : *Lone Sloane, le Mystère des abîmes.* Depuis *Barbarella,* la collection n'avait publié que des héroïnes plus déshabillées les unes que les autres. Druillet eut l'intelligence d'aller à contre-courant et de prendre un homme pour héros. Qui se souvient encore de *Saga*

VOICI CELUI QUI VEUT REPRENDRE POSSESSION DE CE QU'IL CROIT ÊTRE SON DÛ, CE NOUVEAU DIEU QUI CHASSA LES HOMMES DE LA TERRE ET LEUR REPRISE SON... SA NAISSANCE, ILS VIVENT HEUREUX...

LOIN DES HOMMES ET DE LEURS SOUILLURES... CEUX QUE TU AS VUS EN BAS... LES MAINS ET LES RÊNES AUX CORPS VÊTUES... LES PRÊTRES MASQUÉS ONT FUI L'UNIVERS LE NECROMANCIEN... D'AUTRES VIVENT BREUIL SUR LA PLANÈTE DANS LA TERREUR DE LEUR CRUELLE SAGESSE... ET TOI TU VEUX FAIRE DU REPAIRE DES DIEUX UN REPAIRE POUR TES RAPINES?!

© Ph. Druillet/Dargaud

113

de Xam de Nicholas Devil qui passait alors pour une œuvre majeure ? Ce premier *Lone Sloane* était malhabile, reconnaissons-le, et ne fut pas un succès. Rares furent ceux qui encouragèrent Druillet à persévérer; je fus de ceux-là et lui confiai des illustrations pour les revues policières que je dirigeais à l'époque et pour le Club du Livre d'Anticipation. Puis ce fut en 1969 son grand retour, dans *Pilote,* avec *Les six voyages de Lone Sloane.* On s'aperçut alors que de débutant il était passé maître. D'autres œuvres vont suivre, toutes marquées par une approche baroque de la science-fiction, d'*Yragael* à *Vuzz.* En 1975, la mort de sa jeune femme, Nicole, lui inspire le poignant et tragique *La nuit* (in *Rock & Folk*). Enfin, en 1982, il retrouve *Pilote* pour nous donner sa vision personnelle du *Salammbô* de Flaubert. Druillet est, avec Giraud, un des rares artistes français dont l'influence ait été grande sur les dessinateurs américains. Il a marqué de son empreinte la B-D mondiale.

© Christin, Mézières/Dargaud

Fin 1967, Pierre Christin, textes, et Jean-Claude Mézières, dessins, lancent l'astronef de *Valérian, agent spatio-temporel.* Il parcourt aujourd'hui encore l'espace, avec un égal succès. La série raconte les aventures de deux agents de Galaxity, capitale de l'empire terrien, Valérian et Laureline, qui font partie d'un corps spatial de surveillance. Chaque épisode les amène sur un nouveau monde, ce qui permet à Mézières de donner libre cours à toute sa créativité graphique; il excelle tout particulièrement dans les monstres et les paysages extraterrestres. Les scénarios de Christin vont plus loin que le simple space opera, et introduisent aux confins de l'univers les idées généreuses d'un homme de gauche de notre époque. Par ailleurs, il a su donner à ses deux héros une personnalité réelle; Valérian est macho et invariablement content de lui. Laureline, beaucoup plus fine, le domine à son insu. De réflexions acides et dévastatrices en décisions inattendues, elle dynamite de l'intérieur tout ce que le personnage de Valérian pourrait avoir de déplaisant. Parfois, elle va jusqu'à lui voler la vedette comme dans *L'ambassadeur des Ombres*. C'est, incidemment, depuis cet album que les relations, intimes ou passionnelles, comme on préfère, des deux personnages sont montrées au grand jour. Aujourd'hui, le scénario général de la série a évolué, Galaxity et la Terre du futur ont disparu alors que Valérian et Laureline se trouvaient dans notre époque. Après y avoir survécu en compagnie de leur ancien agent de liaison, après être devenus des sortes de super-mercenaires employés pour diverses causes, ils quittent notre vieille Terre. Une situation inédite se présente, riche en possibilités de renouvellement pour la série : l'avenir de nos héros a disparu, à eux de s'en forger un autre.

« Je viens d'avoir une idée formidable : un super-héros 100 % français ! Un super-héros en béret basque et en pantoufles ! Un super-héros dont le nom serait… *Superdupont* ! » se dit un jour Jacques Lob. Or, Marcel Gotlib venait d'avoir la même idée : « Après plusieurs procès

© Lob, Gotlib/Audie

retentissants et diverses manœuvres d'intimidation telles que prises d'otages, voies de faits et tentatives d'incendie, les deux créateurs, épuisés, meurtris et ruinés, se résignèrent à conclure un accord aux termes duquel ils décidaient d'élever et d'exploiter ensemble leur super-progéniture. Ce qu'ils firent, Lob à la plume et Gotlib au pinceau », racontent (mensongèrement) les deux auteurs de cette idée commune. Pour compliquer encore un peu les choses, Gotlib abandonna presque aussitôt le personnage à Alexis qui, mort prématurément, le laissa à Solé. *Superdupont,* champion de l'ordre moral franchouillard, combat l'anti-France sous toutes ses formes, qu'elle s'en prenne à notre bonne humeur ou mette en doute l'hygiène de nos femmes ! *Superdupont* est à la fois un vrai super-héros, par ses pouvoirs, et un antihéros par sa stupidité. C'est de cette opposition parodique que vient l'originalité du comique de cette bande.

Le génie des alpages de F'Murr a débuté en 1973. Puis l'auteur, nettement influencé par Fred à ses débuts, a mûri son talent sous l'influence en particulier d'une réflexion politique, et s'est engagé dans d'autres voies. Toutefois son œuvre la plus intéressante reste *Le génie des alpages.* Un berger, son chien et leur troupeau (sans oublier Romuald, le bélier noir) devisent tranquillement dans une prairie; parfois un lion, un sphinx, voire un archange, viennent leur rendre visite. Humour et non-sens vont de pair chez F'Murr et ce n'est pas un hasard si le premier album s'orne d'une brebis ressemblant à Harpo Marx qui joue de la harpe. Le comique dingue des Marx Brothers n'est pas loin. S'pas ?

Autre bande de non-sens, *Les aventures de Jack Palmer* de Pétillon débute en 1974. Jack Palmer, c'est Philip Marlowe, le flic privé de grande tradition, imperméable mastic et chapeau vissé sur la tête. Une différence cependant, Palmer ne comprend strictement rien aux affaires dont il est chargé. Bouc émissaire idéal, il est parfois arrêté pour des crimes qui n'ont pas encore été commis, mais travaille également sur des meurtres chimériques. Son enquête la plus délirante est sans doute *La dent creuse* où l'aiguille d'Étretat, chère à Arsène Lupin, est remplacée par une molaire géante !

La dernière grande révélation de *Pilote* est Enki Bilal qui, avec Pierre Christin pour scénariste, entame en 1975

la série des *Légendes d'aujourd'hui*. Le premier titre est *La croisière des oubliés* et d'autres suivront, dont le best-seller *Partie de chasse* (1983), jusqu'à l'extraordinaire *Femme piège* (sans Christin) qui date de 1986. D'abord influencé par Moebius, Bilal a aujourd'hui acquis une grande originalité mise au service d'une virtuosité hors pair; chaque vignette de *La Femme piège,* par exemple, est une véritable peinture dont la présence honorerait n'importe quel musée. On reconnaît les préoccupations politiques de Christin dans *La croisière des oubliés*; les auteurs de la bande interviennent brièvement dans le cours du récit et voici comment ils voient leur personnage, l'anonyme 50/22 B. Bilal : « Un être mystérieux, aux pouvoirs immenses, venu d'ailleurs et n'allant nulle part… » Christin : « Un simple avatar du devenir historique, un figurant qui n'est que l'expression de forces sociales en lutte… » La combinaison d'un visionnaire et d'un politique en somme. Avec *La foire aux Immortels,* Bilal finit par préférer être son propre scénariste, ce qui semblait inévitable si l'on considère l'originalité de son univers. *La Femme piège* est de la science-fiction pure, sans référence à notre société actuelle. Dès le départ, l'auteur le précise : « La situation politique de la ville (Paris) est

sans intérêt et la date d'aujourd'hui est le 22 février 2025. » Une femme splendide aux cheveux bleus, Jill Bioskop, téléscripte vers l'an 1993 une relation des événements qui se déroulent à son époque. Un numéro de *Libération* du jeudi 14 octobre 1993 est encarté à la fin de l'album, sa lecture vient expliciter certains points de l'histoire laissés obscurs (pas tous, pour être franc). L'arrivée de Nikopol, déjà rencontré dans *La foire aux Immortels*, redonne un sens à la vie de cette femme, mais l'intervention de Horus, Anubis et Sekhmet (dieux égyptiens ? extraterrestres ?) apporte une dimension métaphysique à un récit qui pourrait être seulement l'expression de la névrose de Jill. *La Femme piège* est l'œuvre magistrale d'un auteur arrivé à la pleine maturité de son talent.

*

Charlie (1969) fut d'abord une copie de *Linus*. Pendant près de deux ans, Charlie Brown donna son nom à un simple calque du magazine italien. Heureusement, Wolinski en devint le rédacteur en chef fin 1970 et sut donner une véritable personnalité au journal. Dès le début de cette année-là, il avait créé *Paulette,* sur des dessins de Georges Pichard. Par certains côtés, cette bande rappelle *Blanche Épiphanie* : l'héroïne est pulpeuse à souhait et sans cesse de nouveaux malheurs s'abattent sur elle; toutefois la ressemblance s'arrête là. Malgré des mensurations voisines, Pichard a réussi à créer deux personnages physiquement différents; quant à Wolinski, il situe *Paulette* à notre époque et dans un tout autre milieu social. Paulette est une riche héritière et seuls son entêtement et sa haine de l'injustice la conduisent à subir les épreuves qu'elle traverse. Notons que Paulette est le plus souvent accompagnée d'une autre jolie fem-

me, Joseph, qui, au début de l'histoire, était un vieil homme ! Presque toujours vêtue de quelques haillons, voire nue, Paulette est une des héroïnes les plus sexy que nous ait données la B-D. Elle incarne l'animalité de la femme à l'état pur.

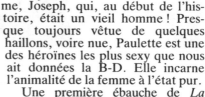

Une première ébauche de *La quête de l'oiseau du temps* parut dans l'éphémère revue *Imagine* (décembre 1975, et mai 1976), douze planches en noir et blanc intitulées *Pélisse;* le titre actuel apparaissait déjà en sous-titre. La version définitive débuta dans *Charlie* en 1982, dessins de Régis Loisel, scénario de Serge Le Tendre.

119

© Le Tendre, Loisel/Dargaud

Cette série de fantasy donna matière à quatre albums qui sont autant de réussites tant pour le dessin que l'histoire. On y fait la connaissance du vieux chevalier Bragon que la somptueuse Pélisse, fille de Mara la sorcière, entraîne dans une aventure périlleuse, qui permettra de retrouver l'oiseau du temps et empêchera l'ancien dieu Ramor d'asservir à nouveau Akbar. C'est du moins ce que croient Bragon, Pélisse et son fourreux, l'étrange créature qu'elle porte toujours sur l'épaule. Tout est admirable dans ces quatre albums, sauf la fin; le sort réservé à Pélisse n'est vraiment pas satisfaisant et il faut espérer que les auteurs sauront la faire réapparaître.

En 1979 *Charlie* révéla les frères Varenne avec *Ardeur;* une bande très noire située dans un monde postatomique. Alex Varenne en était le dessinateur, Daniel le scénariste. Leur B-D était presque totalement désespérée et il fallut

120

attendre le cinquième épisode, *Ida Mauz,* pour que le charme de la fatale créature y apporte une lueur. Mais fatale, elle l'était pour les autres comme pour elle-même et cet album clôt tragiquement la série. Aujourd'hui Alex Varenne, seul, s'est engagé dans la voie d'un érotisme maniéré qui me semble lui convenir moins bien. Toutefois son dernier album, *Erma Jaguar* (1988), ou les phantasmes hermaphrodites d'une créature de rêve, est d'une beauté plastique étonnante.

Petites causes, grands effets. En voici une nouvelle démonstration : un jour Goscinny, rédacteur en chef de *Pilote,* refusa à Mandryka un épisode du *Concombre masqué* devenu adepte du zen. Furieux, le dessinateur quitta le journal et entraîna avec lui Claire Bretécher et Marcel Gotlib. À eux trois, ils décidèrent de fonder un nouveau magazine où ils seraient enfin totalement libres. Cela aboutit, en mai 1972, à la parution du n° 1 de *L'Écho des Savanes,* édité par les Éditions du Fromage ! Dès ce premier numéro, les auteurs firent effectivement preuve d'une liberté de ton jusqu'alors inconnue dans la B-D européenne. « Le joli matin tout plein de lumière », de Gotlib, parodie férocement le réveil d'un bourgeois (il rote, pisse, pète, se torche, etc.). Le Concombre était présent dans le n° 1, dès le second numéro Mandryka introduit le personnage de Bitoniot dont la morphologie – un peu particulière – justifie rapidement sa présence entre les seins épanouis d'une jolie fille. Dans « Le guide du savoir-vivre », de Bretécher, on voyait une mère prodiguer les conseils d'usage à sa fille; la dernière image montrait la jeune fille prise en levrette par son amoureux dans la pièce même où discourait sa mère ! La vénérable B-D franco-belge en frémit jusque dans ses assises : ces jeunes gens ne respectaient donc rien ! En revanche,

© Bretécher, Gotlib, Mandrika

toute la jeunesse s'enthousiasma pour ce magazine à l'humour décapant, au ton réellement nouveau. *L'Écho des Savanes* était trimestriel, les lecteurs l'auraient voulu mensuel, mais les trois codirecteurs-dessinateurs suffisaient à peine à la tâche. D'autant que – le succès venant – des problèmes d'intendance ne tardèrent pas à apparaître. Mandryka, Gotlib et la belle Claire étaient des créateurs et non des gestionnaires. Bientôt rien n'alla plus entre eux et, après quelques numéros, Mandryka resta seul, puis dut à son tour abandonner. Aujourd'hui, *L'Écho des Savanes* perdure, sans rien avoir de commun avec le magazine des années soixante-dix, c'est un journal de fesses avec un peu de B-D.

Toutefois un autre auteur de premier plan s'est révélé, en 1977, dans les pages de ce magazine : Martin Veyron. Son personnage de *Bernard Lermite* est un tombeur introverti qui devrait n'avoir aucune chance avec les femmes; pourtant, elles l'adorent. Ses aventures ont atteint un sommet avec *L'amour propre* (1983) dont le sous-titre précise bien la philosophie : « ne le reste jamais très longtemps ». On y apprend que le sexe des

femmes comporte une « zone G » source de toutes les jouissances. Les scènes d'amour sont très explicites, mais l'humour du récit fait passer ce qu'elles peuvent avoir de pornographique.

Après sa séparation, le trio fondateur de *l'Écho des Savanes* va suivre des routes divergentes. Mandryka poursuit donc la rédaction du magazine. Claire Bretécher, en 1973, commence *Les Frustrés* dans *le Nouvel Observateur*. Bien qu'il s'agisse essentiellement d'une critique acide du milieu des intellectuels de gauche parisiens, *Les Frustrés* connaissent un succès national. Tout le monde y reconnaissait les travers de son voisin, à défaut d'y trouver les siens. Le dessin de Bretécher, très caricatural, convient mieux à l'humour politique qu'à la B-D classique. Si, dans *Les Frustrés,* elle utilise son crayon pour épingler les absurdités de notre époque, elle aborde dans *Les mères* (1982) un sujet qui la touche plus personnellement. Le trait reste aigu et l'humour acéré, mais on sent une plus grande tendresse pour ses personnages. Les « frustrés » sont souvent des pantins, les « mères », bien que ridicules, restent émouvantes.

Marcel Gotlib avait dû abandonner sa *Rubrique à brac* et sa célèbre coccinelle qui, à la manière du chœur antique, commentait l'action ; il décide alors de fonder un nouveau magazine, *Fluide Glacial,* dont le n° 1 paraît le 1er avril 1975 (date non fortuite). Il est publié par les éditions Audie (Amusement, Umour, Dérision, Ilarité, Et toutes ces sortes de choses). Alexis, Solé et plusieurs autres dessinateurs participent à ce premier numéro. Gotlib y dessine une hilarante parodie de *Barbarella* mâtinée d'*Alice au pays des merveilles* où l'on rencontre un Groucho Marx robot ! Un peu plus tard il crée *Pervers Pépère,* vieil exhibitionniste qui ouvre toujours son manteau, mais pour dévoiler tout autre chose que ce que l'on imagine. Hilarant. Malheureusement, Gotlib va bientôt raréfier sa production. Il faut attendre 1985 pour le voir revenir au dessin avec une version « adulte » de *Gai-Luron,* qui désormais porte un slip, et semble préoccupé par cette partie de son anatomie.

Fluide Glacial révèle la même année un autre humoriste de très grand talent, Christian Binet, avec deux bandes liées entre elles, *Les Bidochon* et *Kador*. Le chien Kador est génial, il sait lire, compter, il est expert en art roman et la philosophie de Kant n'a aucun secret pour lui. Malheureusement, M. et Mme Bidochon, propriétaires

© Gotlib/Audie

de Kador depuis l'un des premiers épisodes, veulent ignorer que leur chien est surdoué. Les Bidochon sont des Français moyens et, même, pour tout dire, très au-dessous de la moyenne. Bêtes, incultes, vulgaires, laids, malheureux et méchants, tels sont Robert et Raymonde Bidochon. Nous les connaissons tous, ce sont nos voisins de palier, nos collègues de bureau, les commerçants de notre quartier, enfin n'importe qui sauf nous-mêmes. L'humour de Binet est féroce, mais bien accepté de tous, ses personnages étant trop hideux pour permettre la moindre possibilité d'identification (je parle des humains, les chiens se prennent peut-

© Binet/Audie

© Lelong/Audie

être pour Kador après tout). Les deux séries sont aujourd'hui d'énormes succès, *Les Bidochon* devançant toutefois nettement *Kador,* ce qui me paraît un peu injuste.

Autre révélation comique dans le registre de l'humour noir : Lelong avec *Carmen Cru,* en janvier 1982. Ce personnage de terrible vieille femme, murée dans sa haine et son incompréhension des autres, est l'un des plus forts de ces dernières années. Il a d'ailleurs été porté avec succès au théâtre en 1987. Pour ceux qui ne connaîtraient pas l'esprit de la bande, voici l'argument de *Dimanche après-midi.* Des voisins, soucieux de ne pas laisser seule la vieille femme un dimanche après-midi, lui apportent une part de tarte et du vin. Elle refuse de leur ouvrir et, à la fin, entreprend d'écrire au procureur de la République pour porter plainte contre ces gens qui troublent son repos.

*

Début 1975, Jean-Pierre Dionnet, scénariste, Philippe Druillet et Jean Giraud (Moebius) entreprennent à leur tour de créer un magazine. C'est *Métal Hurlant,* d'abord entièrement consacré à la science-fiction, ensuite élargi à toute la B-D moderne. Après des débuts incertains, le succès vient et – suprême consécration – la revue est adaptée aux États-Unis sous le titre *Heavy Metal.* Puis c'est la fondation des éditions splendidement nommées les Humanoïdes Associés. Une fois encore pourtant, création et gestion ne vont pas de pair et c'est le dépôt de bilan, suivi de rachats successifs. En 1988, *Métal* disparaît, mais il a marqué la B-D française.

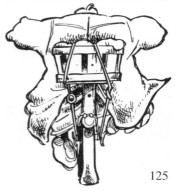

Si Druillet a produit l'essentiel de son œuvre ailleurs, en revanche la fraction Moebius de la double entité Gir/Moebius a surtout brillé dans *Métal*. Dès le n° 1 c'est l'extraordinaire *Arzach*, un récit muet, abscons et d'une extraordinaire beauté graphique. La bande se poursuit sur quatre numéros, toujours aussi splendide, toujours aussi obscure; qui plus est, l'orthographe du titre varie à chaque fois. En 1980, Moebius publie le début de la série *L'Incal noir* sur un scénario du metteur en scène chilien Alexandro Jodorowsky, auteur de *La montagne sacrée*. Le dessin est magnifique, l'histoire de John Difool, flic privé, très rythmée, mais la clarté n'est pas le fort des auteurs. Le thème de la bande est proche de celui du *Faucon maltais* : des groupes rivaux cherchent à s'emparer d'un mystérieux objet, l'Incal noir, et le croient en possession de John Difool qui ignore tout de l'affaire. Un point de départ classique, donc, et très bon, mais ensuite l'histoire part dans trop de directions. Le film de Jodorowsky

© Moebius/Les Humanoïdes associés

n'était guère plus clair qu'*Arzach* et de la réunion de deux obscurités ne jaillit pas forcément la lumière. Néanmoins *l'Incal* reste une des B-D les plus esthétiquement réussies de la décennie.

Autre série de science-fiction, *Menace diabolique* de Denis Sire débute en 1976. Space opera directement issu du *Planet Comics* des années quarante, héros intrépides et filles court vêtues (ou pas vêtues du tout). Sire débutait alors et ne savait pas dessiner les mains de ses personnages, qui paraissaient tous avoir été frappés de la polio dans leur jeunesse. Néanmoins le ton rétro de la bande et l'humour qui s'en dégageait en rendaient la lecture agréable.

Caza n'est pas un spécialiste de B-D, c'est avant tout un extraordinaire illustrateur. Il a, par exemple, dessiné de très nombreuses couvertures de S-F. Néanmoins il a collaboré régulièrement dès 1978 à *Métal Hurlant*. J'aime particulièrement le court récit intitulé *Arkhê,* où il donne sa version du big-bang originel, vision illustrée de dessins d'une adéquate fulgurance, et d'un joli texte poétique.

La fantasy était également présente dans *Métal* avec *Les aventures d'Alef-Thau* (1981), dessins d'Arno, textes d'Alexandro Jodorowsky. Arno est un disciple (doué) de Moebius, et Jodorowsky se sent plus à l'aise dans un univers magique que dans la S-F pure. La saga d'Alef-Thau, l'enfant né privé de bras et de jambes, qui doit conduire le peuple darien vers la liberté, se laisse lire avec beaucoup d'intérêt. L'astuce de Jodorowsky est d'avoir choisi un personnage totalement infirme, qui doit pourtant combattre et veut gagner l'amour de Diamante, une fille superbe. En plus de la mission dont il est investi, Alef-Thau doit donc parvenir à se doter des membres qu'il n'a jamais eus.

Frank Margerin a fait ses débuts dans *Métal Hurlant*

127

dès 1975. Jean-Pierre Dionnet avait retenu ses dessins humoristiques bien qu'ils n'aient en rien correspondu à l'orientation S-F des premiers numéros. Quelques années plus tard, Margerin était devenu l'auteur vedette du magazine. Si ses héros *Ricky, Lucien,* etc. sont des loubards à bananes, vêtus de blousons de cuir noirs et juchés sur des motos pétaradantes, le monde de Margerin est pourtant gentil. C'est la France des bandes de jeunes et des banlieues d'où, miracle, violence et racisme seraient exclus. Druillet, Moebius, Dionnet, Jodorowsky, Arno sont connus par ailleurs. Aussi, et même si cela peut paraître paradoxal pour une revue qui voulait être LA voix de la science-fiction, c'est Margerin qui restera LE dessinateur de *Métal Hurlant.*

© Tardi/Casterman

*

En Jacques Tardi on trouve un autre des grands dessinateurs français du moment. Il a débuté dans *Pilote,* mais l'essentiel de son œuvre est paru chez Casterman, d'abord en album puis dans le magazine *(À suivre)* à partir de 1978. Le premier titre de la série *Les Aventures extraordinaires d'Adèle Blanc-Sec* parut directement en album en 1976, intitulé *Adèle et la Bête.* Adèle est une jeune Parisienne de 1911 et la Bête un ptérodactyle né d'un œuf exposé au Muséum d'histoire naturelle. Récit fantastique allié à une reconstitution minutieuse du Paris d'avant la Première Guerre mondiale, ce premier titre révèle d'insondables mystères, élucidés bien plus tard, au fil des épisodes suivants. Auteur complet, Tardi est aussi bon scénariste que dessinateur virtuose. Et la série des six albums consacrés aux aventures d'Adèle Blanc-Sec est une réussite exceptionnelle qui restera un classique.

Tardi est présent dès le premier numéro d'*(À suivre)* avec *Ici Même,* longue bande insolite réalisée sur un scénario de Jean-Claude Forest. Ce sont ensuite les vieux polars de Léo Malet qui lui donneront matière à chefs-d'œuvre, avec *Brouillard au pont de Tolbiac* (1981), puis *120, rue de la Gare* (1985). Le personnage de Nestor Burma, l'homme qui met le mystère K.-O., ne semblait pas forcément correspondre à la finesse psychologique des textes de Tardi. C'est donc un Burma moins cogneur, plus proche de nous, que met en scène le dessinateur dans des décors en demi-teintes d'une précision étonnante. Tardi fait plus qu'illustrer des romans, il recrée une époque.

Les cités obscures sont le titre général d'une étonnante série fantastique de Benoît Peeters, textes, et François Schuiten, dessins, qui a débuté en 1986. Il n'est pas exagéré de dire que le second épisode, *La fièvre d'Urbicande,* est une des bandes les plus ambitieuses de ces dernières années. Un homme seul veut percer le mystère d'un cube qui grandit, source de constructions architecturales hors du commun. Les visages très travaillés, l'emploi de hachures évoquent les gravures du XIXe siècle; on sent un énorme travail de recherche esthétique dans les compositions géométriques de la ville déshumanisée. Mais, au-delà des recherches formelles, reste l'énigme de la ville elle-même : pourquoi le cube grandit-il ? Pourquoi Urbicande se défait-elle ? Clairement exposé, mais jamais éclairci, le mystère est un des principaux ressorts dramatiques du couple Schuiten-Peeters, qui donne à leur œuvre ce ton si particulier.

L'association inattendue du dessinateur François Boucq et de l'auteur de *Z'yeux bleus,* l'écrivain américain Jerome Charyn, a produit en 1985 *La femme du magicien* qui reçut l'Alfred du meilleur album l'année suivante à Angoulême. Récit noir et glauque comme les aime Charyn dans ses polars, c'est une simple histoire d'amour entre Edmond, magicien de théâtre, et Rita, une fillette qui grandit et devient sa partenaire. Rita l'épouse, mais ne peut oublier qu'Edmond a été l'amant de sa mère avant

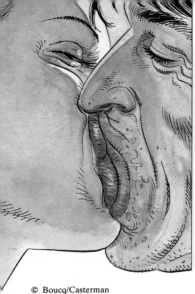

© Boucq/Casterman

de devenir le sien. Peu à peu le récit bascule dans le fantastique et l'horreur. Boucq fait preuve d'une étonnante virtuosité, mais son dessin est souvent horrible, à la limite du supportable. On admire, avec un peu de répulsion.

*

Les premiers épisodes du *Vagabond des limbes* sont parus directement en album à partir de 1974, avant de se poursuivre dans les pages de *Circus,* la revue de Jacques Glénat, ancien fan devenu l'un des principaux éditeurs de B-D du moment. De là, *Le vagabond des limbes* passa à *Tintin,* puis à *Pilote,* quoi de plus normal pour un vagabond… Les scénarios sont de Christian Godard, l'auteur des textes de *La jungle en folie,* et même dessinateur à ses heures (*Martin Milan,* etc.), et les illustrations de Julio Ribera. La série n'a pas l'équilibre de *Valérian* car les textes de Godard auraient mérité des dessins plus inspirés. En revanche, chaque album s'enchaînant sur la situation laissée à la fin du précédent, le lecteur conserve l'envie de découvrir la suite des aventures d'Axle Munshine. Ce personnage, toujours accompagné de Musky, un impertinent éternaute, parcours les planètes à la recherche de la femme idéale rencontrée en rêve : Chimeer. Le gamin est, comme éternaute, immortel, et de plus sa croissance est bloquée à treize ans, jusqu'à ce qu'il choisisse lui-même son sexe, et de commencer à vieillir. Musky devient femme et renonce même à l'immortalité pour l'amour d'Axle Munshine. Mais elle lui est ravie au moment où Axle reconnaît en elle Chimeer… Godard a prouvé, au long de ce scénario complexe, qu'il avait plus d'un tour dans son sac et la série est loin d'être terminée.

Circus va remettre à l'honneur la bande dessinée d'aventures historiques à scénario structuré bien oubliée depuis les jours heureux de *Prince Valiant*. En 1979, François Bourgeon crée dans ce magazine la série *Les passagers du vent* dont le premier épisode, *La fille sous la dunette,* lui vaut d'être sacré meilleur dessinateur de l'année à Angoulême en janvier suivant. Récompense méritée, tant pour la qualité des illustrations que pour la recréation de la vie à bord d'un vaisseau de guerre du XVIIIᵉ siècle. L'intrigue est fondée sur l'échange d'identité de deux fillettes dont l'une a profité pour garder le nom et la fortune de l'autre. L'auteur sait faire preuve d'un érotisme discret, mais toujours présent; ainsi alternent scènes intimistes et images de batailles et de tueries. Les cinq albums qui constituent *Les passagers du vent* ont été plébiscités par le public et se sont vendus à des centaines de milliers d'exemplaires. Depuis 1983, Bourgeon a quitté *Circus* pour *(À suivre)* où il publie un récit médiéval, *Le sortilège du bois des brumes,* poétique et fantastique, mais avec le même souci de réalisme, d'où l'importance de l'érotisme et de la cruauté. Les illustrations sont superbes comme à l'accoutumée.

La balade au bout du monde, de Makyo, textes, et Laurent Vicomte, dessins, a débuté en 1981 dans *Gomme* puis bientôt a émigré dans *Circus*. Dans un beau graphisme

mis au service d'un récit un peu obscur mais attachant,
Arthis, photographe de mode fatigué de la vie qu'il mène,
échoue dans des marais où les disparitions se sont succédé.
Il se retrouve bientôt prisonnier dans un château moyenâgeux, suspendu dans une cage comme au temps de Louis XI !
Les scènes de brouillard dans les marais sont de remarquables réussites esthétiques.

Mais la spécialité de *Circus* reste la B-D historique.
Citons rapidement : *Le vent des dieux* (Cothias sc. et
Adamov) dans le Japon du XIIIe siècle, *Les chemins de
Malefosse* (Bardet sc. et Dermaut) à l'époque d'Henri IV,
Les sept vies de l'épervier (Cothias sc. et Juillard), même
époque, etc.

La dernière trouvaille de Jacques Glénat semble bien
être *Sambre,* scénario de Balac (alias Yann), dessins de
Yslaire, qui a débuté en 1985. L'action se situe à la fin
du siècle dernier et raconte la passion d'un jeune châtelain,
Bernard Sambre, pour Sarah, une bohémienne aux yeux
rouges. La folie règne dans la famille Sambre et Bernard
ne semble pas épargné lui-même. Il aimera Sarah, mais
à quel prix ! Images admirables, grand art du clair-obscur
et des couleurs sombres (rouge, gris, noir, ocre des chairs),
cet album tranche sur la production courante et fait
attendre sa suite avec impatience. *Sambre* me semble
devoir être une œuvre importante des prochaines années.

« C'est beau ! C'est simple, on dirait du Proust ! Mais en mieux dessiné… », écrit l'humoriste (de génie) Claude Serre dans sa préface à *Faces de rat,* album du dessinateur Ptiluc. Je choisis de terminer par lui ce rapide tour d'horizon de la B-D franco-belge, car il représente bien ces jeunes dessinateurs absents des grandes revues spécialisées, et publiés chez de petits ou nouveaux éditeurs. Ils n'en sont pas moins intéressants. Ptiluc est l'auteur de la série *Pacush Blues* parue chez Vent d'Ouest à partir de décembre 1982; une première ébauche en avait été publiée en 1978 dans le magazine belge *Aïe.* Ses héros sont des rats. Pas des gentils Mickeys, non, des rats, méchants, cruels entre eux, tout simplement affamés et tristes. Un poster a popularisé le dessin de Ptiluc en montrant trois rats qui pleurent de rire en lisant *La peste* de Camus; voilà qui donne tout à fait le ton de cette bande où l'humour s'allie à la férocité.

Bien d'autres auteurs auraient mérité d'être cités ici, Baudoin, Annie Goetzinger, Régis Franc, Chantal Montellier, Ceppi, Ted Benoit, Vuillemin, Clerc, Baru, Weyland, Autheman et tant d'autres. Sans oublier Roger Brunel, le seul qui soit capable d'imiter tous les autres.

© Edizioni Edital

134

B-D EUROPÉENNE :
QUELQUES REPÈRES

Il serait prétentieux de vouloir seulement esquisser l'histoire de la bande dessinée en Europe dans un volume de dimensions si réduites. Je me contenterai d'indiquer quelques repères dans les pays où la B-D aura connu un développement important. Venant tout de suite après le duo France/Belgique, c'est l'Italie qui a produit les réalisations les plus intéressantes.

Dès le début du siècle l'Italie avait fait connaissance avec les bandes américaines (*Buster Brown,* etc.), parfois remontées et privées de leurs ballons, mais ce fut surtout dans les années trente que le déferlement des comic strips se fit sentir. On trouvait, par exemple, dans un numéro de *L'Avventuroso,* imprimé à Florence en juin 1935, *Le avventure di Gordon nell'impero di Min, La Radio-pattuglia (Radio Patrol), L'agente Segreto X-9, Mandrake, l'uomo del mistero, Jim, l'uomo della jungla,* et une seule bande italienne *Il richiamo della jungla,* de Fancelli et Scudelari. On voit l'étendue de la domination américaine. Pourtant, dès 1937, les Italiens réagissaient. F. Pedrocchi et C. Zavattini créaient *Saturno contro la Terra,* une bande de S-F illustrée par Giovanni Scolari. Ce strip racontait l'invasion de la Terre par des êtres venus de Saturne, thème peu original, mais bien servi par un dessin surchargé qui évoque les gravures anciennes. En 1937 encore, l'hebdomadaire *Topolino (Mickey Mouse)* publiait le western *Kit Carson* de Rino Albertarelli, qui soutenait la comparaison avec bien des bandes *made in USA.* F. Pedrocchi revenait en 1939 avec une autre bande de S-F, plus originale cette fois : *Virus, il mago de la foresta morta,* dessinée par Walter Molino. Virus (Korgan) était le classique savant fou génial. Il avait fait une invention extraordinaire, le transmetteur de matière, et découvert le secret de la réanimation des momies égyptiennes. Grâce au pharaon

Dans l'image :

SIAMO STATI INSEGUITI...PER FORTUNA HO GIA' RADDOPPIATO LA POTENZA DEI MIEI IMPIANTI. MA DEVO DECUPLICARLA SE VOGLIAMO COMBATTERE CONTRO IL MONDO INTERO. INTANTO L'ATTUALE POTENZA CI SERVIRA' A TOGLIERE DI MEZZO GLI IMPORTUNI

DALLA DESCRIZIONE FATTA DAI NOSTRI UOMINI, CREDO DI AVER RICONOSCIUTO ROBERTO E PIERO

© Vulcania

Antef et à une armée de ses contemporains rappelés à la vie, il comptait asservir le monde. Il convient de signaler une autre bande de S-F, d'origine italienne, qui parut en France en 1937 dans *L'Aventureux, Les conquérants de l'avenir,* signée du pseudonyme Jack Caesar Away. Elle avait été dessinée par Cesare Avai et, pour des raisons mystérieuses, n'avait jamais été publiée dans la patrie de son auteur.

Mais le fascisme triompha bientôt et dès 1938 les bandes d'origine étrangère furent interdites en Italie. Cette année-là parut le premier strip porteur de la nouvelle idéologie : *Dick Fulmine (Alain la Foudre)* de V. Baggioli (textes) et Carlo Cossio (dessins). Dick Fulmine était un colosse, fort comme un éléphant, et dont le coup de poing était le seul argument. Son principal adversaire était un géant noir, ce qui donnait une couleur raciste au strip. Pendant la guerre Fulmine combattit les Russes et les Japonais au service du Duce, voilà pour l'aspect politique. Le dessin de Cossio avait toutefois une certaine vigueur qui explique son succès hors d'Italie.

Dès l'après-guerre, les B-D américaines étaient revenues en force, aussi les nouvelles bandes furent-elles avant tout des imitations, *Amok* (= *The Phantom*) en 1946, *Pantera Bionda* (= *Sheena*) en 1948, *Akim* (=*Tarzan*) en 1950, ou des parodies tels *Raimondo il vagabondo* (1945) et *Mandrago il Mago* (1946), qui révèlent le talent d'un Jacovitti.

Amok, il Gigante Mascherato, textes de Phil Anderson (Cesare Solini) et dessins de Tony Chan (Antonio Canale). Amok naquit dans l'île de Java le soir de l'assassinat de son père. On racontait que le nouveau-né avait ouvert les yeux à l'instant précis où le meurtrier dément de son père avait à son tour été tué. Amok était un justicier masqué dans la lignée du Phantom, et avait pour compagnons une panthère apprivoisée, Kyo, un journaliste, Bill Davidson, et sa fiancée, Mouna. Canale fut aussi l'auteur de *Yorga,* un Tarzan doté de pouvoirs psychiques, qui parlait aux animaux et vivait dans une jungle où le fantastique était partout présent. Tout comme celui d'Amok, le père de Yorga avait été assassiné et la vengeance fut un des grands thèmes de la bande dès lors qu'un vieux fakir eut révélé les noms des cinq coupables au jeune Yorga.

Pantera Bionda, textes de Dalmasso, dessins de Ingam (Enzo Magni), était une classique Tarzanne, tuant son lot de tigres à chaque numéro, traînant un chimpanzé apprivoisé et son petit ami Fred derrière elle. L'épisode

le plus intéressant racontait la lutte de Pantera Bionda dans l'île de Bornéo contre Reda Morgan, une vieille femme cruelle. La Pantera avait quelque chose de mutin, de gracieux qui a toujours manqué aux filles de la jungle *made in USA*. Son succès fut énorme, mais les associations bien-pensantes finirent par faire disparaître le fascicule à force d'intenter des procès à son éditeur pour pornographie ! Inutile de préciser qu'on ne voyait jamais Pantera Bionda dans la moindre position équivoque, ni même nue.

Akim est une très médiocre imitation de *Tarzan*, au départ dessinée par G. Pedrazza. Je n'aurais pas cité cette bande si, depuis trente ans, elle n'avait été un gros succès de vente en France qui a toujours dépassé celui de son modèle.

En revanche Benito Jacovitti fut un dessinateur de génie, auteur de quelques-unes des parodies les plus hilarantes des personnages de la B-D classique, comme *L'onorevole Tarzan* ou *Mandrago il Mago*. Ce dernier, par exemple, nous était présenté comme un bon à rien, chômeur professionnel à qui un esprit céleste accordait par hasard des pouvoirs magiques. Voulant faire le bien, Mandrago ne causait que ruine et désolation, se prenant un moment pour le maître du monde, puis retombant dans son état antérieur. Rien n'avait changé, seul Papotar (un mélange de Lothar et de Wimpy), gros homme obsédé

par la nourriture, y avait gagné quelques repas. Plus tard, en mars 1957, Jacovitti créa son western dément, *Cocco Bill,* son œuvre la plus achevée. Dans cette bande, tous les personnages étaient fous, les animaux comme les hommes, et même certains objets. Il n'était pas rare de rencontrer un poisson à pattes dans le désert, et la poule qu'allait rôtir Cocco Bill se plumait elle-même avant d'aller rejoindre le tourne-broche en disant : « J'connais mon boulot. » *Mondo pistola !* comme disait Cocco Bill.

En 1955, Devi donnait *Le petit duc,* une sorte de roman-feuilleton à rebondissements multiples. Cette bande aujourd'hui oubliée montrait une grande invention dans le scénario et la qualité du graphisme. Elle semble n'avoir été publiée qu'en version française.

Nous l'avons vu, la publication en février 1961 de *I Fumetti,* de Carlo della Corte, marqua le commencement de la bédéphilie en Italie. L'auteur ne s'intéressait guère qu'aux comic strips américains, auxquels il ajoutait *Superman, Batman et Wonder Woman (la Donna Meravigliosa),* les bandes françaises ou même italiennes étant à peine évoquées. Pour della Corte, l'histoire de la B-D mondiale se confondait avec celle des États-Unis : « *La storia dei comics nel mondo, salvo alcune varianti di poco rilievo, coincide con la storia dei comics negli Stati Uniti.* »

En 1962, deux respectables dames, les sœurs Guissani, s'amusèrent à prendre pour héros un horrible criminel, *Diabolik.* Au début, il fut dessiné par M. Facciolo. Diabolik et sa maîtresse Eva Kant étaient des voleurs professionnels qui ne reculaient pas devant le meurtre pour parvenir à leurs fins. Pourtant les dames Guissani présentaient Diabolik comme un héros digne d'admiration et pour lequel son principal adversaire, l'inspecteur Ginko, éprouvait une sorte de respect. Le succès de *Diabolik* fut

fabuleux et créa la mode des « *fumetti neri* », les B-D noires. Aussitôt les imitations se mirent à pulluler, certaines faisant de la surenchère. Ainsi *Kriminal*, textes de Max Bunker, dessins de Magnus, fut lancé en 1964. Cette fois l'amoralité et le sadisme du « héros » étaient portés à leur comble; Kriminal, une répugnante canaille, violait, torturait et tuait à longueur de fascicule. En revanche, il était fort bien dessiné par Magnus qui se montrait là un artiste plein de puissance. La contrepartie féminine de *Kriminal* fut *Satanic*, tout aussi cruelle. Puis on eut *Zakimort* (une assez jolie fille de Flavio Bozzoli), *I Serpenti*, *Cobra*, etc. L'un des derniers fut *Genius,* créé en 1969, qui révélait un jeune artiste au talent exceptionnel, Milo Manara. Genius et sa compagne Ursula naviguaient à la limite incertaine qui sépare le justicier du criminel. Disons que leurs méthodes pour lutter contre la pègre étaient plus proches de celles de *Diabolik* que de *Rip Kirby*. *Genius* fut d'abord un photoroman imité de *Killing* (*Satanik* en

France) où un personnage masqué torturait des filles peu vêtues; toutefois *Genius* était moins « hard », ce qui permit d'en publier une adaptation B-D.

En 1966, Giorgio Cavedon et Renzo Barbieri imaginèrent une héroïne proche d'*Angélique marquise des Anges* : *Isabella,* dessinée par Sandro Angiolini. Cette bande pseudo-historique racontait les aventures galantes et les exploits guerriers d'Isabella, duchesse de Frissac. Aventures qui amenaient immanquablement la jeune personne à se dénuder pour aimer, être violée ou

© Edizioni Erregi

fouettée, mais tout cela avec le minimum de perversion et de sadisme. Publiant *L'enfer des bulles,* en 1968, je réservai une place de choix à cette héroïne, alors inconnue. Giorgio Cavedon, qui était à la fois auteur et éditeur, fut si content qu'il se rendit à Paris pour me rencontrer et me proposa de réaliser une suite à cet album où je ferais la part plus belle aux Italiennes. Ce fut l'origine du petit livre *Les filles de papier,* intitulé *Le supersexy del fumetto* en Italie. *Grazie tanto Isabella !*

Après le succès d'*Isabella* un grand nombre de nouvelles héroïnes, toutes plus dénudées les unes que les autres, firent leur apparition : *Angelica, Theodora, La Vergine Nera, Jolanka, Auranella, Vartan, Helga, Saffo, Bora-Bora, Bonnie, Venus, Justine, Jacula, Hessa, Lucrezia, Messalina,* etc. Tous les fascicules portaient la mention « *Fumetti per adulti* », qui ne trompait plus personne : le temps où l'on accusait de pornographie la pauvre *Pantera Bionda* était loin. Celle-ci en profita d'ailleurs pour faire rééditer ses aventures. Mais elle était désormais trop habillée ! Parmi toutes ces héroïnes pulpeuses et peu avares de leurs charmes, signalons la série *Jolanda de Almaviva* qui fut reprise en 1970 par Milo Manara et où l'on perçoit déjà tout son talent. Je disais déjà, dans *Les*

141

filles de papier, le plus grand bien du dessinateur, alors
inconnu et anonyme. Pour en terminer, signalons encore
Maghella, de Dino Leonetti, qui fut créée en 1974. C'était
une bande de saine gaudriole. On s'y accouplait presque
à chaque page et dans toutes les positions. Les « consé-
quences de l'amour » n'étaient d'ailleurs pas méconnues
puisque l'héroïne dut même se faire avorter ! Quant au
langage, il était d'une verdeur à faire rougir un mouton
enragé. *Maghella* eut beaucoup de succès en France et
sa réédition vient d'être entreprise en 1988.

Mais l'héroïne italienne la plus intéressante de l'époque
reste *Jungla,* de Stellio Fenzo, créée en 1968. Le surnom
de *Jungla* était *la Vergine africana* et, de fait, sa principale
activité fut de défendre sa vertu du désir de viol qu'elle
suscitait chez tous les mâles, blancs ou noirs. Presque à
chaque épisode, on la retrouvait nue et ligotée sur la
couche de son ravisseur, attendant l'inévitable... Mais
voilà, elle était protégée par Tatoo, une divinité tribale
qui la sauvait au (tout) dernier moment. Elle s'éprit un
jour d'un garçon (au n°55) et se donna à lui. Tatoo lui
retira aussitôt sa protection. Capturée peu après, Jungla
eut la douloureuse stupeur d'être violée par plusieurs

142

hommes, alors qu'elle s'imaginait pouvoir leur échapper comme à l'ordinaire, tandis que son amant se suicidait après avoir été émasculé ! Au n° 58, Jungla, qui avait à nouveau été violée plusieurs fois, en eut assez, choisit un nouvel homme et partit vivre avec lui. Ce fut la fin de cette étonnante série fort bien dessinée par Fenzo et qui, malgré son sujet scabreux, ne sombra jamais dans la vulgarité.

Aujourd'hui les *fumetti per adulti* se sont transformés en fascicules pornographiques qui font paraître Isabella aussi chaste que Connie ! Ce sont *Pussycat, Lolite depravate, La donna Tarantola, Ilona, La Corsara nera,* et bien d'autres. Mieux vaut les oublier.

En même temps que l'apparition des premiers *fumetti neri,* le début des années soixante vit le mouvement en faveur de la bande dessinée prendre beaucoup d'ampleur, études et rééditions se multiplier. *Linus,* la première revue de haut niveau, mais destinée au grand public, fut lancée en 1965 par G. Gandini. La formule fut copiée plus tard en France par l'équipe de *Charlie.* Dès son n° 1, *Linus* révélait un nouveau dessinateur exceptionnel, Guido Crepax dans *Neutron,* où débutait son héroïne Valentina qui donna bientôt son nom au strip. *Valentina* est une

143

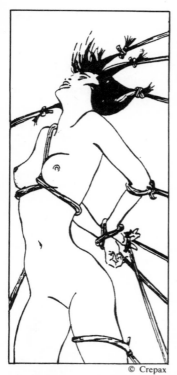

© Crepax

bande onirique très sophistiquée, aux dessins d'une extrême finesse, aux cadrages particulièrement ingénieux. Son héroïne est une femme étrange, aux tendances masochistes, homosexuelles, voire morbides, évidentes. Les scénarios racontent souvent les phantasmes issus de l'esprit de Valentina, phantasmes intellectuels, compliqués, qui trahissent un déséquilibre profond. Tous sujets qu'on n'avait guère l'habitude de voir traités en bande dessinée.

Hugo Pratt était déjà connu pour *Sgt Kirk* (1953) et *Ernie Pike* (1956). En 1967, il lança un magazine intitulé aussi *Sgt Kirk* et commença la publication d'une longue histoire *La Ballata del mare salato.* L'action était située dans les mers du Sud à la veille de la Première Guerre mondiale. On y découvrait quelques figures bien campées, le Moine, sorte de pirate auréolé de mystère, le capitaine Raspoutine, un ignoble criminel, Pandora ou l'élément romantique, et Corto Maltese, un aventurier se livrant à de nombreux trafics, bien qu'au fond honnête et droit. Ce personnage fit mouche et devint bientôt le héros de toute une série d'aventures qui parurent d'abord dans l'hebdomadaire français *Pif Gadget,* sous le titre *Corto Maltese.* Le premier épisode, *Tristam Bantam,* fait aujourd'hui partie du volume *Sous le signe du capricorne,* il mêle la recherche de Mu, le continent disparu, et les pratiques vaudou de Bouche Dorée, la grande prêtresse. On admire alors le talent de Pratt scénariste; il a vécu en Amérique du Sud, il sait faire vivre les Indiens ou

144

rendre crédible une cérémonie de macumba, tout le récit y gagne une extraordinaire impression d'authenticité. Quant au talent d'Hugo Pratt, illustrateur, les visiteurs des expositions qui lui ont été récemment consacrées ont pu s'en rendre compte. Il est l'un des maîtres actuels.

En 1969, à l'occasion du congrès de B-D de Lucca, Guido Buzzelli dessina pour son catalogue *La rivolta dei Racchi.* Dans une contrée imaginaire – passée, future ? – on rencontrait deux catégories d'humains. Les Parfaits, beaux et jouisseurs, et les Ratés, contrefaits et écrasés de travail. Spartak (allusion à Spartacus) était un Raté, bouffon des Parfaits. Il organisa la révolte et devint roi, mais les véritables maîtres, tenants de l'économie de ce monde, se révélèrent alors et les Ratés furent de nouveau exploités. Une bande tout à fait remarquable, mais qui ne rencontra malheureusement jamais un vrai succès populaire.

Voilà d'ailleurs le mal qui menace alors la B-D italienne : se couper du support populaire. Des revues faites par et pour des bédéphiles apparaissent : *Alter Alter* (issue de *Linus*), *Il Mago, Cannibale,* jusqu'à *Il Pinguino.* On retourne aux vieilles avant-gardes, on cherche de nouvelles esthétiques, on veut faire « avancer » les *fumetti,* enfin tous les errements classiques. Ainsi, en Angleterre, la revue de S-F *New Worlds* s'était complètement coupée de son public en se livrant à des expérimentations propres à une littérature de recherche.

De cette époque survivra néanmoins *RanXerox,* bande commencée en 1978 par Gaetano Liberatore sur un scénario de S. Tamburini. L'histoire de RanXerox, l'androïde fou de rage et de désespoir, dans la jungle urbaine des camés et des dealers, fait éclater les cadres de la B-D classique par sa violence, son agressivité. Même les couleurs vous prennent à la gorge. Liberatore eut beaucoup d'influence sur les dessinateurs américains. Aujourd'hui, Tamburini mort d'une overdose, Liberatore ne semble pas pressé de terminer le troisième épisode de *RanXerox*; peut-être la course de l'androïde est-elle déjà terminée.

En revanche, dès 1978, Milo Manara est arrivé à complète maturité de son talent. En 1976, il avait publié *Lo Scimmiotto (Le singe)* dans *Alter Linus* (nos 1 à 12, fin dans *Alter Alter*), puis ce furent successivement *HP et Giuseppe Bergman* en 1978, *Dies Irae (Jour de colère)* en 1981, *L'uomo di carta (Quatre doigts)* et *Un giuoco* (en volume : *Il gioco. Le déclic*) en 1982. L'érotisme était présent dans tous ces titres, mêlé d'histoire dans le premier, de surréalisme dans le deuxième et le troisième, et d'un soupçon de pornographie, disons-le, dans le dernier. Mais le talent de Manara est tel qu'il peut représenter une femme dans

les postures les plus avilissantes sans que ni le dessin ni la femme soient vulgaires; et même sans que le personnage féminin soit avili. En 1983, il donne son chef-d'œuvre, *Tutto ricomincio con un estate indiana (L'été indien),* sur un excellent scénario de Hugo Pratt, une bande historique située en Nouvelle-Angleterre à l'époque où les colons blancs affrontent les Indiens. Un peu moins d'érotisme là, mais un dessin superbe mis au service du récit.

Vittorio Giardino a créé le personnage de flic privé de *Sam Pezzo* en 1979. C'est une copie de Philip Marlowe, mais un Marlowe qui exercerait dans le petit monde italien. Les femmes sont des garces intéressées, les hommes des salauds corrompus. Du déjà revu, quoi. Les dessins certes attestaient le talent de l'auteur, mais il lui manquait des scénarios un peu plus originaux. Il les a trouvés en 1982 avec un nouveau personnage, *Max Fridman,* paru d'abord dans la revue *Orient-Express*, puis en album. Cette fois, il s'agit de récits d'espionnage, situés avant-guerre, dans un contexte politique précis. Les scénarios sont très fouillés, et les dessins épurés de tout ce qui n'est

147

pas essentiel. Aujourd'hui, Giardino est en passe de devenir l'un des grands dans son pays.

La production italienne traverse pourtant une nouvelle crise. Certes de nouveaux auteurs apparaissent régulièrement, comme Bonvi, Serpieri, Saudelli, mais il leur est plus difficile de s'exprimer chez eux. Il leur faut trouver des débouchés à l'étranger. Néanmoins l'Italie reste une terre d'élection de la B-D, même si ses créateurs sont principalement édités dans des publications françaises ou belges.

*

L'apport de l'Angleterre est bien moins important. Pourtant des journaux pour enfants existaient outre-Manche dès le début du siècle, ainsi que des fascicules qui annonçaient déjà les comic-books. Une B-D originale et vigoureuse aurait pu s'y développer. S'il n'en a rien été, c'est, je crois, qu'une langue commune a permis aux productions américaines d'envahir la Grande-Bretagne. Aussi, nous nous contenterons d'examiner une dizaine de bandes présentant un intérêt particulier.

La première est, bien sûr, celle du charmant petit *Tiger Tim*, dessinée par J.S. Baker, dont la première apparition

date d'avril 1904. Il ne s'agissait pas alors d'un strip suivi, ni même de parutions régulières, et le titre évolua de *Mrs Hippo's Kindergarten* à *Tiger's Tim Tales* en passant par *The Bruin Boys*. Les personnages étaient tous des animaux habillés comme des enfants et se conduisant comme tels. On y rencontrait, en dehors de Tim le petit tigre, un pélican, Peter, un éléphant, Jim, un ours, Bruin, une girafe, Willy, un singe, Jacko, une autruche, Willie, etc. Baker abandonna la bande en 1914 et fut remplacé par Herbert Foxwell, un dessinateur de grand talent qui sut donner un charme nouveau aux personnages imaginés par son prédécesseur. Peu de mois auparavant, *Tiger Tim* était devenu la série vedette d'un nouvel hebdomadaire pour enfants, *The Rainbow,* et il le resta jusqu'à la fin de ce journal dans les années cinquante. Mais le petit tigre ne disparut pas pour autant et poursuivit sa carrière dans diverses publications pour la jeunesse. De 1973 à ces dernières années, parut un gros volume annuel intitulé *Tiger Tim Fun Book* : une belle réussite dans la longévité.

On comprend que les Anglais aient créé ces petits animaux doués de parole, les animaux ne parlent-ils pas chez Mr Kipling ? On est plus étonné, en revanche, de découvrir que c'est encore la prude Albion qui a produit la première héroïne déshabillée des comics. *Jane's Journal, the Diary of a Bright Young Thing* débuta en effet en décembre 1932 sous le crayon de Norman Pett. Tout d'abord, il ne s'agissait que d'un unique dessin quotidien puis, après quelques années, les gags s'étendirent sur plusieurs cases, enfin une histoire fut ajoutée et le titre raccourci en *Jane*. Les thèmes n'y étaient pas différents de ceux de *Winnie Winkle* ou *Tillie the Toiler*

© Daily Mirror Newspaper Ltd

149

qui paraissaient à la même époque, mais là où la sœur de Bicot et la godiche Tillie restaient sagement vêtues, Jane se retrouvait rapidement en sous-vêtements affriolants, voire dans le plus simple appareil ! Pendant la guerre, elle devint strip-teaseuse, ce qui lui donna plus aisément encore l'occasion de se déshabiller : il fallait soutenir le moral des troupes. Norman Pett abandonna sa création en 1948 et *Jane* lui survécut jusqu'en 1959. Sa disparition causa un véritable choc national et plusieurs quotidiens publièrent des articles nécrologiques comme s'il s'était agi d'une personne réelle.

Garth, l'homme du mystère, de Steve Dowling, était nettement inspiré de Superman, mais sans posséder ses super-pouvoirs que les Britanniques trouvaient ridicules. Il débuta sa carrière le 24 juillet 1943, géant blond accroché à un radeau qui, comme Ulysse recueilli par Nausicaa, était jeté sur le rivage aux pieds de la belle Gala. Garth ne fut pas plus fidèle que le roi grec et d'innombrables filles suivirent. Les aventures de *Garth* furent tout de suite tournées vers la science-fiction et le fantastique magique, avec une certaine présence d'érotisme ; ainsi, dans un des premiers épisodes, Dawn, une fille de la préhistoire, montrait déjà ses seins nus. Depuis, Garth s'est vu entouré de bataillons de femmes en monokini. Steve Dowling abandonna la bande en 1957 qui passa aux mains de dessinateurs médiocres, puis fut reprise par Frank Bellamy en 1971.

Jeff Hawke, Space Rider est une autre bande de S-F créée par Sydney Jordan en février 1954. Pilote de la R.A.F., Jeff Hawke aperçoit une soucoupe volante et s'écrase en tentant de la rejoindre. Ses occupants, des extraterrestres, le sauvent et l'emmènent avec eux. Depuis, il parcourt l'espace à la manière du *Flash Gordon* actuel. En 1974, un trou noir dut l'avaler car nul n'en entendit plus parler.

L'année 1957 fut une grande année pour la B-D britannique qui vit l'apparition de trois séries à succès, dont l'extraordinaire *Andy Capp*. Mais disons un mot des deux autres. *Romeo Brown* est un strip comique créé par Alfred Mazure, puis repris par Jim Holdaway. Les aventures de *Romeo Brown* ne sont qu'un prétexte à montrer de nombreuses jeunes personnes hypersexuées et très dévêtues.

© Daily Mirror Newspaper Ltd/Opera Mundi

L'avantage d'un héros mâle est qu'on peut renouveler à l'infini ses partenaires féminines. Les scénarios étaient animés, complètement dingues et souvent fort drôles. La même année commença l'adaptation en comic strips des romans de Ian Fleming mettant en scène *James Bond*. La bande fut d'abord dessinée par John McLusky qui s'en tint strictement aux textes de Fleming; en 1963, le stock était épuisé et le strip s'arrêta. Il reprit l'année suivante à partir d'histoires originales. Désormais *James Bond* était confié à un nouveau dessinateur, Larry Horak, et c'est James Lawrence qui était chargé d'imaginer les exploits de l'agent 007.

Andy Capp, de Reginald Smythe, est un personnage typique du nord de l'Angleterre. Il ne parut tout d'abord que dans l'édition régionale du *Daily Mirror,* réservée précisément aux gens du Nord, à partir du mois d'août 1957. Ce n'était alors qu'un gag quotidien. En avril 1958, le petit homme, toujours coiffé d'une casquette qui lui cache les yeux et son éternel mégot collé aux lèvres, eut droit à l'édition nationale. Il devint alors un véritable *daily strip* et la planche en couleurs du dimanche parut en mai 1960. Andy Capp est un chômeur, un chômeur professionnel si l'on peut dire, et sa seule activité est d'aller au pub boire de la bière et courtiser la serveuse. Parfois, il fait l'effort d'aller encourager l'équipe locale de football ou de risquer un pari, mais rien d'autre. Sa femme, la grosse Flossie, l'entretient, ce pour quoi il la hait, l'insulte et la bat... ou est battu par elle. *Andy Capp* est un énorme succès depuis sa création et est apprécié par les amateurs d'humour sophistiqué au même titre que

B.C. ou *Peanuts*. Mais l'humour y est différent, plus cynique, plus européen peut-être. Pourtant, on trouve aujourd'hui *Andy Capp* dans presque tous les journaux américains, comme *Blondie, Peanuts* ou *The Amazing Spider-Man*.

Le personnage de *Modesty Blaise* a également fait le tour du monde et inspiré un film à Joseph Losey avec Monica Vitti dans le rôle de l'héroïne. Le strip est l'œuvre de Peter O'Donnell, textes, et Jim Holdaway, dessins, et a débuté en avril 1963. Aventures et espionnage; la belle Modesty est une réplique féminine de James Bond. Toute jeune elle dirigea un syndicat du crime. À Saigon, elle tira de prison un tueur à gages, spécialiste du lancer du couteau, Willie Garvin, qui devint son second. Garvin lui voua aussitôt un amour aussi profond que platonique. Enrichie par ses activités criminelles, Modesty Blaise se retira en compagnie de Garvin : c'est alors que l'Intelligence Service fit appel à elle. Modesty, qui s'ennuyait, accepta. Le succès de cette bande fut tel que Peter O'Donnell la transforma en roman; le fait mérite d'être souligné car c'est d'habitude le livre qui est adapté en bande dessinée et non l'inverse.

Tiffany Jones de Jenny Butterworth, textes, et Pat Touret, dessins, débuta en novembre 1964. Tiffany est une très jeune Anglaise, toute charmante, que j'avais définie dans un autre ouvrage par l'expression *« Mens sana in corpore sano »*. Le graphisme de Pat Touret est fin et gracieux, et on comprend que son héroïne ait séduit les lecteurs aussi bien que les lectrices. On y trouve un érotisme discret qui plaît aux hommes, mais ne peut gêner les femmes. *Tiffany Jones* a fait aujourd'hui la conquête des États-Unis.

Les années soixante-dix virent l'onde de choc des underground comix atteindre l'Angleterre, et toute une série d'imitations, made in G-B, mais très peu britanniques, virent le jour. Par exemple, *Nasty Tales* en 1971/72 ou *Cozmic Comics* en 1972/74.

Il semble y avoir peu de création B-D aujourd'hui en Grande-Bretagne, les bandes apparues récemment sont le plus souvent des cartoons politiques (du style *Les Frustrés*) qui utilisent le médium de la B-D sans participer réellement du genre. Néanmoins il faut citer la remarquable série *V for Vendetta* de Alan Moore, textes, et David Lloyd, dessins, publiée de 1982 à 1983 dans le magazine en noir et blanc *Warrior,* et malheureusement inachevée. La version complète, et en couleurs, est parue aux États-Unis chez DC Comics, en 1988/89. Alan Moore commence par une déclaration violente dénonçant la montée du fascisme en Grande-Bretagne sous l'administration Thatcher : « Bonne nuit Angleterre. Bonne nuit la Voix de la Nation, bonne nuit le V de la Victoire. Bonjour la Voix du Destin et V pour Vendetta », termine-t-il, après avoir précisé qu'il comptait quitter bientôt le pays. L'action de *V for Vendetta* se situe quelques années dans le futur, après l'instauration du fascisme outre-Manche.

© National Periodical Publication

Un personnage affublé d'un masque grotesque entreprend une série de meurtres pour se venger des tortures qu'on lui a jadis infligées. Pour parvenir à ses fins, il utilise et manipule avec cruauté une prostituée adolescente, Evey, qui est le seul élément chaleureux de cette B-D très noire. Le texte est souvent verbeux et trop littéraire, sophistiqué aussi, il y a parfois un décalage complet entre les mots et l'image. Cependant l'action a du suspense et les dessins de la force; l'attention du lecteur est retenue. La mise en couleurs de la version américaine n'est pas flatteuse, mais elle contribue à donner une atmosphère sombre, désespérée au strip.

*

Le dernier grand pays européen producteur de comics est l'Espagne, mais peu de bandes ont acquis une dimension internationale. Pourtant la B-D y fut populaire dès avant-guerre et le resta à l'époque franquiste. Y séjournant quelques mois en 1951, j'avais été frappé du nombre des publications. Je me souviens de quelques titres : *El Coyote,* une sorte de Zorro au chapeau mexicain, *Dona Urraca,* une vieille femme acariâtre, *El Capitan Trueno,* un chevalier à la stature massive, *Pantera Negra,* une copie de Tarzan, *El Corsario sin rostro,* un pirate au masque noir et, bien sûr, le magazine *El Pulgarcito* qui publiait nombre de B-D humoristiques.

Plus tard, je m'aperçus que le fascicule *Kalar,* qui paraissait alors en France, avait été créé en Espagne en 1963 par le dessinateur Marco. *Kalar* racontait des aventures africaines assez conventionnelles, mais les dessins d'animaux étaient exceptionnellement fouillés. L'épisode où Kalar rencontre des animaux préhistoriques reste assez étonnant.

Quelques années après, vers 1968 ou 1969, j'achetai en Espagne une curieuse imitation de *Peanuts,* intitulée *Mafalda.* J'appris par la suite que son auteur, Quino, était argentin et que son héroïne avait été créée en 1964 de l'autre côté des mers. À l'époque *Mafalda* m'avait paru s'adresser au jeune public mais, par la suite, elle fut de plus en plus politisée, de moins en moins dirigée vers l'enfance où se comptent pourtant en France ses véritables lecteurs. Il est vrai que le dessin animé qui en a été tiré pour la TV a complètement affadi et modifié

© Quino/Glénat

155

l'image du personnage. Laissons *Mafalda,* elle est de langue castillane, mais pas de nationalité espagnole.

Victor de la Fuente est connu en France pour des bandes de fantasy et d'aventures. Sur des textes de Victor Mora, il est l'auteur de *Sunday,* un western créé en 1970. Le héros est un ancien colonel nordiste qui parcourt l'Ouest à la recherche de son enfant disparu.

Esteban Maroto est maintenant fixé aux États-Unis, c'est un spécialiste des bandes d'heroic fantasy. Il a beaucoup collaboré à *Eerie, Creepy* et *Vampirella.* On connaît sa bande *Wolff (Wolff et la reine des loups),* créée en 1971. Wolff recherche sa femme, enlevée par des sorciers, à travers des contrées magiques. À la fin de sa quête, il ne retrouve que son cadavre, mais a gagné une autre compagne en cours de route.

Enrique Romero reprit en 1970 le personnage de *Modesty Blaise* qu'il abandonna neuf ans plus tard pour créer *Axa* en 1979. Axa, femme du futur toujours très dévêtue (voire pas vêtue du tout), mène une vie primitive hors des dômes de protection sous lesquels se cachent les restes de la civilisation. Mais bien des dangers guettent une aussi belle fille. *Axa* était un *daily strip* en noir et blanc, quelques comic-books viennent de lui être consacrés, toujours dessinés par Romero. Elle y a gagné de la couleur, mais aussi... un soutien-gorge !

Carlos Gimenez est l'auteur de *Dany Futuro* (vers 1970) qui a été publié dans *Tintin* pendant plusieurs années. C'était une bande gentillette destinée au jeune public. Depuis, le talent de Gimenez a beaucoup mûri et il nous a donné en 1979 *Paracuellos,* sorte de journal autobiographique d'une enfance malheureuse. Humour désespéré, insoutenable cruauté, démystification de « l'innocence » enfantine, haine des institutions charitables catholiques, c'est dans ces planches peut-être que l'on retrouve le mieux l'âme espagnole. Celle de Goya.

Jordi Bernet est bien connu aujourd'hui pour le personnage de *Torpedo 1936*. On sait moins qu'il débuta, il y a près de trente ans, en reprenant le personnage de cette vieille femme acariâtre que j'avais découverte adolescent, *Dona Urraca*. C'était son père qui la dessinait sous le pseudonyme de Jorge. La chance ne favorisa Jordi Bernet qu'en 1982 quand Alex Toth, qui venait de créer *Torpedo 1936* dans le magazine américain *Creepy,* l'abandonna. Depuis le dessinateur espagnol s'est fait un nom avec Torpedo, le tueur glacé de l'époque d'Al Capone.

*

Pour terminer ce rapide tour d'horizon des pays d'Europe, on peut citer deux jeunes Hollandais, Theo Van den Boogaard et Wim T. Schippers qui, avec *Sjef Van Oekel (Léon la Terreur),* ont créé en 1976 dans *Nieuwe Revu* un personnage tout à fait étonnant. Les deux auteurs sont des adeptes de la « ligne claire » chère à Hergé et leurs dessins rappellent effectivement ceux du père de Milou. Mais le contenu ! Sjef Van Oekel est un sexagénaire très digne et toujours tiré à quatre épingles, un bourgeois respectable, apparemment. En réalité, c'est un dément mal embouché, au langage ordurier et qui ne respecte aucun tabou. Il adore particulièrement tout ce qui est scatologique et la provocation sexuelle n'a plus de secret pour lui ! Il s'agit assurément d'une des meilleures bandes humoristiques du moment, qui abonde en trouvailles réjouissantes.

AH, SI SEULEMENT JE POUVAIS ME DÉGOTER UNE PETITE FEMME ACCOMODANTE...

LES
COMIC-BOOKS

1 _ THE GOLDEN AGE (1938-1954)

« Aucun autre médium n'a autant fasciné et retenu l'audience des jeunes que ne l'ont fait les premiers comics. Malheureusement, leur passionnante histoire d'avant 1955 devient de plus en plus obscure au fur et à mesure que le temps passe. En général, on considère qu'il existe deux sortes de comics : la prétendue "saleté" des comic-books publiés sous forme de magazines destinés à l'amusement des enfants, et les comics utiles qui paraissent sous forme de bandes de journaux et sont destinés à la distraction des adultes. Cette encyclopédie met l'accent sur la première catégorie... » *Crawford's Encyclopedia of Comic Books* (op. cit.).

Cette citation a le mérite de poser le problème et de montrer l'état d'esprit actuel de l'immense majorité des amateurs de bande dessinée outre-Atlantique. Pour eux, la B-D, c'est le comic-book (les albums sont inconnus) et rien d'autre. Et ils sont excédés que les séides du Dr Wertham viennent fustiger les lectures de leur enfance. Cependant, si les strips de journaux ne les intéressent plus, en revanche, les héros des vieilles bandes ne leur sont pas inconnus. *Flash Gordon, Dick Tracy, The Phantom, The Spirit,* etc. paraissent aujourd'hui en comic-books et la plupart des grandes bandes du passé ont été rééditées sous cette forme. Ainsi, dans son encyclopédie, Crawford parle longuement de *Connie,* mais c'est à la rubrique *Famous Funnies,* quant aux *Katzenjammer Kids,* c'est dans *Tip Top Comics* qu'il faut les chercher, à côté de *Tarzan.* Le comic-book a désormais récupéré et intégré tout l'acquis du comic strip. Voilà un fait qu'il serait vain de nier, même s'il est permis de regretter la beauté des immenses planches du dimanche d'avant-guerre. Mais cela, c'est de la nostalgie. Et cette nostalgie peut aussi bien s'appliquer

© DC Comics Inc/Graph Lit

aux épais comic-books de soixante-quatre pages, vendus seulement 10 cents, dans les années quarante...

Les tout premiers comic-books ont paru en 1933 *(Funnies on Parade, Famous Funnies : a Carnival of Comics)*. Certains étaient des primes distribuées gratuitement, d'autres des tests pour vérifier s'il existait un public prêt à accepter des rééditions de vieilles B-D du dimanche en couleurs. Les résultats furent bons et le n°1 de *Famous Funnies* parut en juillet 1934. On y trouvait *Mutt and Jeff, Dixie Dugan, Connie, Joe Palooka, Tailspin Tommy,* etc. *Buck Rogers* y fit son apparition dès le n°3, repris des planches en couleurs de Rick Yager. Aussitôt, d'autres titres firent leur apparition, en particulier, en 1936, *King Comics (Flash Gordon, Popeye, Mandrake, Brick Bradford,* etc.), *Popular Comics (Dick Tracy, Terry and the Pirates, Little Orphan Annie, Gasoline Alley,* etc.) et *Tip Top Comics (Tarzan, Katzenjammer Kids, Li'l Abner,* etc.). Le mois de mars 1937 vit sortir un titre qui allait figurer deux ans plus tard au panthéon des comic-books, *Detective Comics*; il publiait déjà des inédits, très médiocres il est vrai.

Action Comics n°1 parut en juin 1938; en couverture, un homme vêtu d'un collant bleu et d'une cape rouge soulevait à main nue une automobile. *Superman* était né. Il était sorti de l'imagination de deux adolescents de Cleveland, alors à peine âgés de dix-huit ans, Jerry Siegel, qui eut l'idée du personnage, et Joe Shuster, qui le dessina. Ils avaient d'abord voulu faire un comic strip puis, devant le refus des syndicates, et après l'apparition des premiers comic-books, ils changèrent d'avis. « *Superman* fut strictement conçu comme un comic-book; l'histoire devait occuper tout le fascicule », déclarait Jerry Siegel lors d'une interview récente (in *Nemo* n°2, by Fantagraphics Books). Les deux auteurs étaient des amateurs de science-fiction et de comics : Siegel aimait Alex Raymond, Hal Foster et Al Capp, Shuster avait pour idoles Alex Raymond, Burne Hogarth, Milton Caniff et Hal Foster; ils étaient faits pour s'entendre. Joanne Carter, que devait épouser Siegel, posa pour Lois Lane; Douglas Fairbanks, dans le rôle de Robin Hood, fut à l'origine du costume; Fritz Lang fournit le nom de Metropolis; Clark Gable le prénom et Kent Taylor le nom de Clark Kent, le reste naquit de l'imagination de Siegel. Tout le monde aujourd'hui connaît l'histoire de Superman, envoyé tout enfant sur Terre depuis la planète Krypton sur le point de s'anéantir. Sous les traits de Clark Kent, il est un timide reporter, amoureux de sa camarade Lois Lane, mais elle n'a d'yeux que pour Superman, l'homme d'acier tout-puissant. En effet, notre soleil confère aux humains venus de Krypton des super-pouvoirs (invulnérabilité, super-force, vision aux rayons X, etc.). Aujourd'hui, le personnage a cinquante ans et grâce aux films de qualité qui viennent de lui être consacrés il connaît une nouvelle popularité. Un comic strip de *Superman* parut dès janvier 1939 et dura jusqu'en 1967, dessiné par Joe Shuster au début, qu'on remplaça bientôt par Wayne Boring. Shuster, dont les dessins étaient jugés trop maladroits, fut assez vite éliminé de sa création

et de nombreux dessinateurs se succédèrent sur le personnage. Récemment, John Byrne en a donné une interprétation intéressante. Siegel et Shuster, soutenus par tous les artistes de la profession, durent faire un procès aux DC Comics pour recevoir enfin des droits conséquents sur ce héros qui avait fait la fortune de la firme.

Après l'homme d'acier vint l'homme chauve-souris, *The Batman*, croit-on généralement. Eh bien, non, *Sheena, Queen of the Jungle* s'intercala entre eux. Cette contrepartie féminine de Tarzan fut créée dans le n°1 de *Jumbo Comics* en septembre 1938, par Mort Meskin. Le personnage avait été conçu par Will Eisner et devait initialement paraître dans un journal anglais sous forme de comic strip. Sheena est une blonde sculpturale, vêtue d'un maillot en peau de léopard, qui parcourt la jungle à la recherche de fauves à tuer, de trafiquants à combattre ou d'explorateurs à sauver.

C'est une forte femme; Jules Feiffer a écrit à son sujet :
« Wonder Woman avait beau avoir des super-pouvoirs,
j'ai toujours pensé qu'elle ne tiendrait pas un round contre
Sheena. » Je souscris à ce jugement. La Reine de la
Jungle avait pour amant un mâle stupide, Bob, qu'elle
devait tirer des griffes d'un lion, ou d'une tribu hostile,
à chaque épisode. Les rapports traditionnels, homme domi-
nant-femme soumise, étaient inversés, d'où une certaine
absence de féminité du personnage. Par ailleurs, l'érotisme
du *bondage* (filles attachées), si présent dans toutes les
formes de B-D dès lors qu'elles comportent une héroïne,
était à peu près inconnu dans le cas de Sheena. C'est elle
qui attachait ou détachait les mâles ! Outre son créateur,
il faut citer S.R. Powell qui illustra fort bien la Reine de
la Jungle et, en couverture, Dan Zolnerowich. *Jumbo
Comics* dura jusqu'en avril 1953. Exit alors *Sheena*. Mais,
en mai 1988, un nouveau *Jungle Comics,* avec *Sheena* en
vedette, est sorti sous une splendide couverture de Dave
Stevens, l'auteur de *Rocketeer.* Horreur, à l'intérieur,
Sheena apparaît sous les traits d'une vieille femme à
cheveux blancs ! Heureusement un artifice du scénario de
Bruce Jones va lui rendre sa jeunesse; le dessinateur n'est
malheureusement pas à la hauteur de sa tâche.

À l'heure où j'écris ces lignes, le n° 27 de *Detective
Comics* cote 20 000 dollars ! C'est en effet dans ce numéro

© DC Comics Inc. Art © Bob Kane

de mai 1939 que fut créé *The Batman* par Bob Kane. La silhouette de chauve-souris du *« caped crusader »* était frappante et enthousiasma les jeunes lecteurs. *Batman* devint très vite un best-seller au même titre que *Superman*. Les deux personnages sont pourtant très différents : alors que l'homme d'acier est un extraterrestre doté de super-pouvoirs, Batman est un homme ordinaire à l'esprit et au corps agiles. Sa véritable identité est celle du million-naire Bruce Wayne qui, tout enfant, assista au meurtre de ses parents et jura de consacrer sa vie à l'élimination des criminels de sa ville, Gotham City. À partir de 1940, il accepte à ses côtés un jeune orphelin, Dick Grayson, qui travaillait dans un cirque. Le garçon prend alors le nom de Robin, bientôt surnommé *the Boy Wonder*. Les dessins de Bob Kane ne sont pas particulièrement esthé-tiques, mais sont efficaces et rendent bien cette impression de terreur qui est supposée frapper le cœur des criminels les plus endurcis à l'apparition de la silhouette fantastique de l'homme chauve-souris. Au fil des années une étonnante galerie de criminels prit forme, composée de The Joker, à la fois clown et fou criminel, The Penguin, un dandy en queue-de-pie toujours porteur d'un parapluie, The Catwoman, une hors-la-loi secrètement éprise de Batman. La police était représentée par le commissioner Gordon dont la fille, devenue adulte, prit le costume de Batgirl. Ajoutons-y la Batmobile, l'auto de Batman, et la Batcave, sa retraite secrète, qui communique avec la demeure de Bruce Wayne... La bande évolua beaucoup au fil des années et bien des dessinateurs ont illustré le personnage avant et après la retraite de Bob Kane. En réalité, Bob Kane n'a pas imaginé *Batman* qui fut inventé au cours d'une réunion éditoriale, et s'est le plus souvent contenté de signer des dessins qu'il commandait à d'autres. Parmi ses successeurs beaucoup furent médiocres, certains excep-tionnels tel Neal Adams. Les ventes de *Batman* baissèrent au fil des années et ce héros semblait bien usé malgré la série TV qui avait relancé sa popularité en 1966. Pourtant, aujourd'hui, à la fin des années quatre-vingts, *Batman* est à nouveau le numéro un de toute l'industrie du comic-book. Pourquoi ? Comment ? Nous y reviendrons.

La firme Timely lança *Marvel Comics* en novembre 1939. Des années plus tard, elle donna naissance à la Marvel Company que nous connaissons aujourd'hui. Deux nouveaux super-héros y faisaient leur apparition, *The Submariner* et *The Human Torch*. Après une traversée du désert dans les années cinquante, ils sont à nouveau en activité, le premier identique à lui-même; The Human Torch rajeuni et intégré au groupe des *Fantastic Four*.

The Submariner de Bill Everett est un personnage intéressant car il est un anti-héros, un ennemi de la race humaine. Son nom véritable est Namor, prince d'Atlantis, et il vit sous la mer. Ses batailles épiques contre The Human Torch sont restées célèbres et ces numéros comptent parmi les comic-books les plus recherchés par les amateurs. La Seconde Guerre mondiale mit fin à leur conflit et le Submariner s'en prit désormais aux vaisseaux allemands; il avait alors une petite amie américaine, Betty, qui l'avait probablement encouragé à faire le bon choix. Jusque-là tout allait bien mais, après-guerre, les scénaristes furent confrontés à un problème grave : Namor, devenu

l'allié des États-Unis, ne pouvait reprendre sa guerre contre le genre humain ! Il s'attaqua donc aux criminels et perdit son originalité. Il disparut en 1949, fit ensuite de brèves réapparitions, pour effectuer son grand retour en 1962 dans les *Fantastic Four*. The Submariner était à nouveau l'ennemi de l'humanité tout entière, une nouvelle carrière s'ouvrait devant lui.

The Human Torch, de Carl Burgos, était un être artificiel créé par un savant. L'expérience ne fut pas un succès et l'androïde apparut entouré de flammes, ce qui provoqua la mort de son créateur. Par la suite, The Torch apprit à contrôler son pouvoir sur les flammes, puis à les utiliser pour voler. Au bout de quelque temps, il prit pour partenaire un gamin, Toro, un orphelin qui travaillait dans un cirque (imitation de Robin) et était doué (heureusement pour lui !) d'insensibilité au feu. The Human Torch trouva son véritable adversaire dans le Submariner : le feu contre l'eau; tous ses autres opposants furent en comparaison médiocres. Comme la plupart des super-héros de la Marvel, il disparut en 1949, n'ayant pas su s'adapter à l'après-guerre. Il ne fut pas ressuscité, mais on attribua ses pouvoirs à l'un des membres des Fantastic Four, il avait pourtant été l'un des personnages les plus populaires du début des années quarante.

Un autre super-héros très en vogue à l'époque, *The Blue Beetle* de Charles Nicholas, commença sa carrière dans le n° 1 de *Mystery Men* en août 1939. *The Blue Beetle,* simple policeman nommé Dan Garrett, acquérait une super-puissance grâce à une vitamine spéciale, la X2, que lui fournissait le Dr Franz. Son collant bleu était en réalité une cotte de mailles ultra-fine : un costume pare-balles. Ce personnage ne différait en rien des autres dans sa façon de combattre les criminels, mais il plaisait davantage. Disparu en 1950, il fut rappelé à la vie plusieurs fois, dont une par Steve Ditko, le créateur de *Spider-Man.* Depuis juin 1986, il reparaît régulièrement sous la marque DC, sensiblement modifié.

Nous voici arrivés à l'un des personnages les plus importants du comic-book, le seul dont le succès dépassa celui de Superman et Batman, je veux parler du *Captain Marvel,* ou, comme on l'appelait affectueusement, le *Big Red Cheese.* Il fit sa première apparition dans le n° 2 de *Whiz Comics,* en février 1940, sous la plume de C.C. Beck. Première nouveauté, le tout-puissant Captain Marvel n'était pas un adulte mais un gamin, un petit vendeur de journaux, Billy Batson. Un vieillard nommé Shazam l'avait fait venir à lui pour lui révéler qu'il combattait le mal depuis trois mille ans et qu'il l'avait choisi pour successeur.

Il suffisait à Billy de prononcer le mot magique « shazam » pour se transformer en Captain Marvel; ce mot est formé par l'initiale de dieux ou héros de l'Antiquité : Salomon, Hercule, Atlas, Zeus, Achille et Mercure. Deuxième nouveauté : les histoires étaient toutes humoristiques et s'adressaient à un très jeune public qui pouvait aisément s'identifier à Billy. Le succès dépassa toutes les espérances de l'éditeur et il dut bientôt quadrupler le nombre des parutions, une armée de dessinateurs travaillant sous la direction de C.C Beck. Parallèlement on lança deux autres comic-books, l'un avec une fille, *Mary Marvel,* dotée des mêmes pouvoirs, pour séduire le public féminin, l'autre avec un adolescent handicapé qui devint *Captain Marvel Jr.* Les trois se retrouvaient ensemble dans *The Marvel Family,* naturellement. Les histoires sans prétention du *Captain Marvel* apportaient une note de fraîcheur qui faisait défaut aux autres publications : par exemple, le personnage de Mr Tawny, le tigre parlant, était charmant. Cet énorme succès ne plut pas aux DC Comics qui attaquèrent les éditeurs du *Captain Marvel* en plagiat. Le procès s'éternisa et, lassée, la firme Fawcett décida de cesser la publication de comic-books en janvier 1954; les ventes avaient alors beaucoup baissé. Près de vingt ans plus tard, en février 1973, c'est DC qui ramena à la vie le *Big Red Cheese* en rachetant les droits du personnage à son ancien ennemi. Toutefois le nouveau comic-book dut être intitulé *Shazam*

car le titre *Captain Marvel* avait été utilisé par la firme Marvel pour un de ses propres héros. *Shazam* alterna les inédits et les rééditions et s'arrêta en 1978 pour reparaître sous forme d'une mini-série en 1987. Quant au Captain Marvel, même s'il n'y a plus de magazine à son nom, on le revoit fréquemment mélangé à d'autres héros de la firme.

En 1940, DC Comics lança toute une série de super-héros. Certains ont survécu à l'épreuve du temps, *The Flash, Green Lantern, Hawkman* et *The Spectre*; d'autres n'apparaissent plus qu'épisodiquement, ou même plus du tout, tels *Dr Fate, Dr Midnite, Johnny Thunder, The Sandman, Hourman, Starman* et *The Atom*. Mais le plus passionnant fut la création de *All Star Comics* qui, à compter de son n° 3 (hiver 1940), allait réunir tous ces héros en une aventure commune, ce qui ne s'était jamais fait. Mandrake ne rencontrait pas The Phantom, ni Jungle Jim, l'agent secret X9, bien qu'ils aient eu les mêmes auteurs. Cette réunion de super-héros dans *All Star*, formant ensemble la *Justice Society of America,* fut une grande nouveauté, une première dans l'histoire de la B-D. À dire vrai, les divers membres de la JSA ne se retrouvaient qu'au début et à la fin des magazines, chacun ayant droit à un chapitre séparé de six ou sept pages dans le cours du récit. Chaque personnage était alors dessiné par son créateur d'origine, l'un des artistes assurant en plus les pages de début et de fin. Presque tous les premiers *All Star* ont des scénarios en rapport avec la guerre : « Pour l'Amérique et la démocratie » (n° 4), « La JSA réunit un million de dollars pour les orphelins de guerre » (n° 7), « La JSA part en guerre au Japon » (n° 11). Puis vint la grande époque de la science-fiction (n° 12 au n° 35 environ) avec, par exemple : « La JSA et la Marée d'esprit » (n° 17), « Le pillage du Psycho-Pirate » (n° 23), « La revanche de Solomon Grundy » (n° 33). Dans cette dernière période la crise du papier avait obligé tous les comic-books à réduire le nombre de leurs pages et les héros de la Justice Society combattaient désormais ensemble ! Les histoires policières dominèrent alors avec, en particulier, le célèbre n° 38, « La plus grande vague de crimes de l'Histoire », encore nommé « numéro faire-part de la JSA », car tous ses membres étaient successivement tués. Ils étaient ensuite ramenés à la vie par *Black Canary,*

qui n'appartenait pas encore à l'équipe, grâce à une machine inventée par une amie de Wonder Woman, la baronne Paula. Par sa nouveauté, son invention et sa qualité graphique, *All Star* reste le plus prestigieux comic-book de l'âge d'or, il dura jusqu'en 1951 (n° 57). DC tenta de le ressusciter en janvier 1976 (n° 58), mais le charme était rompu.

The Flash fut créé par Gardner Fox (textes) et Harry Lampert (dessins) en janvier 1940. Jay Garrick, qui a inhalé par accident les vapeurs d'un produit chimique, devient l'homme le plus rapide de la Terre. Le dessin était médiocre et les aventures voulaient être comiques; le personnage portait de ridicules ailes à son casque et aux pieds qui rappelaient Hermès. La série s'interrompit en 1949. En octobre 1956, DC lança un nouveau *Flash*, nommé Barry Allen, dessiné cette fois par Carmine Infantino, l'un des plus grands dessinateurs de comics de l'époque. Cette fois, les histoires faisaient appel à la science-fiction et plus du tout à l'humour; je dirais même que Barry Allen est un monsieur très sérieux, pas drôle du tout. La série fut abandonnée en octobre 1985. Il faut dire que, dans le n° 8 de *Crisis on Infinite Earth*, paru cette année-là, *The Flash* était tué ! Il devenait par suite difficile de le conserver vivant dans son magazine. Or, dans quelques aventures de *Flash*, on avait rencontré un gamin nommé Kid Flash, Wally West, doté du même super-pouvoir. C'était il y a une vingtaine d'années. Aujourd'hui, devenu adulte, Wally West vient à son tour d'endosser l'uniforme du *Flash* et le magazine reparaît depuis le mois de juin 1987.

Il faut retenir, dans l'histoire de ce comic-book, une date importante : celle du mois de septembre 1961. Sur la couverture du n° 123 de *The Flash* on voyait un ouvrier menacé par une poutre tombant d'un échafaudage et, sur la gauche, Flash se précipitant à son secours. Rien que de très normal donc, et pourtant cette couverture allait traumatiser des dizaines de milliers de lecteurs et les replonger au temps de leur enfance, au temps du Golden Age, car, sur la partie droite de la couverture, Jay Garrick – l'ancien Flash – se précipitait aussi au secours de l'ouvrier ! Dès la première page du magazine on voyait les deux héros en pleine altercation : « Comment osez-vous prétendre être le Flash, Barry Allen, alors que moi – Jay Garrick – le suis depuis vingt ans ? » Le scénariste Gardner Fox expliquait cette confrontation par l'existence de mondes parallèles. Sur la Terre 1 (la nôtre) les héros de la JSA sont des êtres imaginaires issus de l'esprit de Gardner Fox, mais sur la Terre 2, ils sont réels. Parfois des images passent d'une Terre à l'autre et ainsi Fox a-t-il vu en rêve les aventures réelles qu'il croyait imaginer...

171

Ce raisonnement est tenu par un Flash à l'autre, et Gardner Fox devient donc une partie de sa propre création; il a été, en quelque sorte, absorbé par le monde imaginaire dont il croyait être l'auteur. Ce numéro historique de *Flash* fut le début du *revival* qui devait rappeler à la vie nombre de héros des années quarante. Je considère donc que ce numéro de *Flash* marque le début du *Silver Age,* seconde période glorieuse du comic-book.

Hawkman naquit lui aussi en janvier 1940 dans le n° 1 de *The Flash.* Gardner Fox (textes) et Shelly (dessins) avaient fait de lui un homme-oiseau de belle allure. Shelly (Sheldon Moldorf) était très influencé par Alex Raymond et avait donné à Carter Hall (Hawkman) et à sa compagne Shiera Sanders (Hawkgirl) les traits de Flash Gordon et Dale Arden, du moins lorsqu'ils ne portaient pas de masque. Hawkman était supposé être un prince de l'ancienne Égypte qui volait grâce à un disque de métal aux propriétés d'antigravité.

Après Shelly, le personnage fut repris par un jeune dessinateur qui allait devenir un des grands de la B-D, Joe Kubert. Interrompu en 1949, *Hawkman* reparut en 1961, toujours dessiné par Kubert, puis de 1964 à 1968 par Murphy Anderson. L'histoire avait un peu évolué, Carter Hall et Shiera étaient désormais mariés, mais surtout l'origine égyptienne avait fait place à une origine extraterrestre davantage dans le goût de l'époque.

The Spectre est une autre création de Jerry Siegel, l'auteur de *Superman,* et du dessinateur Bernard Baily. Il fit ses débuts en février 1940 dans le n° 52 de *More Fun Comics;* la cote, de 200 dollars environ pour les n°s 20 à 50, passe pour celui-ci à 8 500 dollars ! The Spectre

fut peut-être le plus étonnant, le plus fou des super-héros, le plus difficile à utiliser aussi. La bande commençait par le meurtre de Jim Corrigan, un policier, qui revenait ensuite sur Terre pour pourchasser le crime. Déjà mort, totalement invulnérable, tout-puissant sous sa forme spectrale, The Spectre n'allait pas trouver d'adversaire à sa taille. Songez qu'il s'adressait directement à Dieu ! C'était un personnage étonnant, admiré par tous les professionnels. Il disparut en 1945, tenta un premier come-back en 1966, un second en 1987. Depuis il paraît régulièrement, dessiné d'abord par Gene Colan, mais on murmure qu'il pourrait ne pas durer très longtemps. Après tout, apparaître puis retourner au néant, n'est-ce pas le propre d'un spectre ?

All American Comics n° 16 (juillet 1940) proposa un nouveau super-héros, *The Green Lantern* de Bill Finger (textes) et Martin Nodell (dessins). Ce personnage possédait une bague à pouvoirs (*power ring*) qui lui permettait de voler, de déplacer les montagnes, etc.; elle était en revanche sans effet sur le bois. Comme pour *The Flash*, les histoires étaient plutôt simplettes et quelque peu comiques. Le premier Green Lantern, Alan Scott, disparut en 1949. Il revint en 1959 sous le crayon inspiré de Gil Kane. Cette fois c'était Hal Jordan, un pilote d'essai, qui se cachait sous le masque de Green Lantern. Sa bague avait les mêmes pouvoirs que celle d'Alan Scott, mais pas la même faiblesse, et si elle fonctionnait parfaitement avec

le bois, elle restait sans effet sur tout ce qui était de couleur jaune. Les histoires étaient sérieuses, dirigées vers une clientèle d'adolescents d'un bon niveau intellectuel. La science-fiction y tenait une large part. S'y développait également une histoire d'amour entre Hal Jordan et sa patronne Carol Ferris qui, naturellement, ne s'intéressait qu'à Green Lantern (le complexe de Lois Lane). Plus grave, elle se transformait parfois en Star Sapphire, une super-héroïne qui, elle, voulait détruire Green Lantern. Puis Gil Kane quitta la bande. Des dessinateurs médiocres menaient *Green Lantern* à une fin inéluctable quand le personnage fut confié à l'un des grands artistes du moment, Neal Adams, sur des scripts de Denny O'Neil. *Green Lantern,* faute de lecteurs, devait alors partager son comic-book avec *Green Arrow* (un archer actuellement marié à *Black Canary*). À partir de 1970, les deux héros cessèrent de vivre dans un monde de fantaisie, de S-F, pour aborder les problèmes réels de notre temps. Ils furent désormais confrontés à la drogue, au chômage, au racisme, à la violence… Les professionnels furent enthousiastes, mais le public ne suivit pas : les jeunes voulaient s'évader de la grisaille quotidienne, non retrouver leurs problèmes dans les comics. *Green Lantern* dut revenir à la S-F pour survivre. Le magazine raconte aujourd'hui les aventures des Green Lanterns de diverses planètes sous l'autorité des Gardiens de l'univers; son titre est désormais *Green Lantern Corps*.

La firme Fiction House qui publiait *Jumbo Comics* depuis 1938 (avec *Sheena* et *The Hawk* par Will Eisner) lança deux nouveaux magazines en janvier 1940. *Jungle Comics* et *Planet Comics*. Le premier ne publiait que des « tarzanneries » avec *Kaänga, Lord of the Jungle* ou *Camilla, Queen of the Lost Empire*. Disparu en 1954, il reparaît

depuis mai 1988 avec *Sheena* et *Kaänga,* enfin réunis. Le
second était plus intéressant car il associait délibérément
érotisme et science-fiction. Ce mélange tonifiant ne vit le
jour en France qu'en 1962 avec *Barbarella.* Dans *Planet
Comics* les filles étaient toutes belles, vêtues – au mieux
– de jupettes ou de bikinis, et s'en allaient de planète en
planète combattre les monstres les plus divers. Naturellement, le *bondage* y avait une place de choix : les malheu-
reuses y étaient fréquemment capturées, ligotées, ou mena-
cées des pires tortures. Dans *Gale Allen and her Girl
Squadron,* par exemple, série dessinée par Fran Hopper,
l'héroïne, comme plus tard Barbarella, avait été conçue
comme un Flash Gordon au féminin. En couverture du
Planet n° 26, Gale Allen, sculpturale blonde vêtue d'un

175

maillot deux-pièces, se tord dans ses liens sur l'autel du sacrifice tandis qu'une créature humanoïde à tête de poisson s'apprête à lui enfoncer une pique dans le ventre. Le symbolisme est évident, comme l'appel à la sexualité naissante des jeunes lecteurs. Mais, outre ses dizaines de jolies filles dévêtues, *Planet Comics* présentait des bandes de qualité, en particulier *Lost World* et *Futura*.

Lost World devint le titre vedette du magazine à partir du n° 21 et fut (principalement) dessiné par Lily Renée. Dans un univers postatomique où la civilisation avait régressé, une poignée de Terriens résistait à des hordes d'extraterrestres venus de Volta. Parmi les défenseurs de la Terre, Hunt Bowman et sa compagne Lyssa. Les créatures de Volta bénéficiaient d'un armement ultra-sophistiqué, Hunt et ses compagnons combattaient presque à main nue, mais réussissaient toujours à échapper à leurs ennemis, non sans leur avoir infligé de lourdes pertes. Lyssa, en mini-jupe et talons aiguilles, ne manquait pas de tomber régulièrement dans les griffes des monstrueux extraterrestres qui aussitôt la condamnaient à une mort horrible. Non moins régulièrement, Hunt Bowman la sauvait au tout dernier moment. Même répétitifs, les scénarios de *Lost World* ne manquaient pas d'invention et le dessin était outré à souhait. En mai 1988, le nouveau *Planet Comics* reprend le début de *Lost World* dans une nouvelle version modernisée.

Futura, de John Douglas, parut à partir du n° 43 (mai 1946) et fut de loin la meilleure bande de *Planet Comics*. Marcia Reynolds était une jeune fille du XXIe siècle qui menait une vie tranquille jusqu'au jour où elle était kidnappée par un monstre vert qui l'emmenait jusqu'à la lointaine planète Cymradia. Là, rebaptisée Futura, elle était livrée nue à un scientifique, Mentor, qui dirigeait le « Projet survie ». Les Cymrads étaient condamnés, leur race s'éteignant inexorablement, et ils cherchaient à travers la galaxie une race suffisamment forte pour supporter un transfert de cerveau. C'était là l'horrible sort qui attendait Futura. Elle tentait de fuir et y parvenait aisément, ignorant que sa fuite avait été facilitée par Mentor pour lui faire passer un test de survie. Après deux années de lutte, la jeune Terrienne triomphait des orgueilleux Cymrads. Grâce à un scénario constamment intelligent et un dessin à la fois original, élégant et efficace, *Futura* reste une

SOMEONE... OR
SOMETHING...
FOLLOWED HER.
A STALKER SHE
COULD NOT SEE,
BUT WHOSE MEN-
ACING PRESENCE
SHE COULD FEEL.
HEART POUNDING
SHE FLED, SEEKING
THE SAFETY OF A
NEARBY POLICE

complète réussite qui n'a malheureusement jamais été rééditée.

« Qui connaît le mal tapi au cœur des hommes ? *The Shadow* sait... Eh ! Eh ! Eh ! » Ainsi commençait le célèbre feuilleton radiophonique de ce personnage, créé dans un pulp magazine, par Maxwell Grant, au début des années trente. Le premier *Shadow Comics* parut en mars 1940

et, outre *The Shadow,* il comportait également des adaptations d'autres héros des pulps, *Doc Savage* et *Nick Carter. The Shadow* était signé par Maxwell Grant et réalisé par des dessinateurs anonymes. Lamont Cranston, alias The Shadow, accompagné de sa fidèle compagne Margo Lane, combattait le crime avec pour toutes armes sa silhouette inquiétante, son rire semblable à celui de la hyène, et le pouvoir hypnotique de ses yeux. Disparu en 1950, *The Shadow* est sorti de l'ombre (si l'on peut dire) en 1964 (8 numéros), 1973 (12 numéros), 1986 (4 numéros) et reparaît régulièrement depuis 1987. Un autre justicier de feuilleton radiophonique, *The Green Hornet,* fut aussi lancé en 1940, mais il n'atteignit jamais le succès du *Shadow.*

The Black Condor, de Lou Fine, débuta dans le n° 1 de *Crack Comics* (mai 1940), et ne dura que jusqu'à la fin 1943. Un enfant, Dick Grey, est élevé par des condors noirs, après le décès de ses parents tués dans les Andes.

Le jeune garçon apprend à voler grâce à ses parents adoptifs. Ce personnage n'a guère d'importance en lui-même, mais les illustrations de Lou Fine, un excellent artiste qui abandonna trop vite la B-D, sont exceptionnelles et très représentatives de son talent. Le thème de l'homme volant lui convenait à merveille.

Le sort des super-héros de la firme MLJ est curieux, aucun ne résista au temps malgré leurs qualités; en revanche, une petite bande comique publiée en bouche-trou, à partir de 1941, *Archie,* devint un succès phénoménal, qui dure encore. Les super-héros avaient pour nom *The Shield, The Wizard, Steel Sterling, Black Hood, The Hangman, The Comet,* et paraissaient dans des magazines tels que *Pep, Top-Notch* ou *Zip Comics.* Le plus intéressant est sans conteste *The Shield,* d'Irving Novick, qui fit ses débuts dans *Pep Comics* en janvier 1940. Comme on l'a souvent dit, il fut le premier héros patriotique (*Captain America* ne paraîtra qu'en mars 1941) et son uniforme était déjà inspiré du drapeau américain. Derrière le masque de Shield se cache un G-Man du F.B.I., Joe Higgins; il s'est fabriqué un uniforme à l'épreuve des balles (*shield* veut dire bouclier) qui lui confère une super-force. The Shield est accompagné d'un gamin, Dusty, qui joue auprès de lui le rôle de Robin. Disparu en 1945, ce héros revint en 1965 puis en 1983/84 mais, depuis la guerre du Viêt-nam, l'heure n'est plus au super-patriotisme.

Aujourd'hui la firme MLJ s'appelle Archie Publications, du nom du personnage qui a assuré sa fortune. Qui aurait pu imaginer que cet adolescent boutonneux paru dans les pages centrales de *Pep Comics* no 22 (décembre 1941) allait avoir bientôt son propre comic-book, que ses ventes dépasseraient le million d'exemplaires, et – surtout – que son succès ne se démentirait pas au fil des années? Imaginé et dessiné par Bob Montana, *Archie* est l'étudiant moyen de high school; il est entouré de son copain Jughead et de ses deux flirts Betty et Veronica. Leurs aventures sont simplettes et banales, d'un comique gentillet. « Archie a transcendé le comic-book pour devenir pur américanisme. Il y aura toujours, semble-t-il, un Archie. C'est inévitable comme la mort ou les impôts. » (Joe Brancatelli in *The World Encyclopedia of Comics,* op. cit.) Naturellement, Archie eut droit à son comic strip, également dessiné par Bob Montana, à partir de 1947.

Le n°1 de *Captain America* (mars 1941) portait la signature Simon & Kirby qui allait bientôt devenir fameuse. Joe Simon, le scénariste, et Jack Kirby, le dessinateur, ont marqué de leur empreinte le monde des comics. *Captain America,* avec son uniforme dérivé de la bannière étoilée et son bouclier, était manifestement inspiré de *Shield*. D'autant qu'il œuvrait dans la même direction, super-patriotisme et exploits guerriers. Mars 1941, c'était encore l'avant-guerre pour les États-Unis, mais tout le monde savait que le conflit allait éclater, aussi un tel personnage rencontra-t-il un succès immédiat. Derrière le déguisement de Captain America se cachait Steve Rogers, un homme physiquement faible qu'une drogue puissante avait transformé en surhomme. L'inventeur de cette drogue voulait doter son pays d'une armée de super-combattants, mais il fut assassiné par des espions à la solde des forces de l'Axe, et Steve Rogers resta seul de son espèce. Il s'engagea dans l'armée comme simple soldat et, avec son jeune ami, Bucky, en profita pour casser du nazi à longueur de page. La force du dessin de Kirby, inhabituelle pour l'époque, fit admettre tout ce que le personnage pouvait avoir de pompier. La fin des hostilités fut fatale au Captain America comme elle l'avait été à tant d'autres super-héros : le magazine s'arrêta de paraître en 1949. Vint le *Silver Age,* et Captain America fut retrouvé par les *Avengers,* congelé dans un iceberg (n°4,

1964) ! Ramené à bonne température, il est admis dans le groupe, mais souffre depuis de troubles psychologiques. Il n'est pas parvenu à assumer la mort de Bucky, ni la sensation d'être un anachronisme vivant. *Captain America* fut d'abord repris par Jack Kirby, sur des scénarios de Stan Lee, puis par une foule d'autres dessinateurs.

Le mois d'août 1941 vit l'apparition de quatre héros intéressants, *Black Cat, Plastic Man, Phantom Lady,* et le groupe des *Blackhawks*. La belle *Black Cat* fit ses débuts dans *Pocket Comics* nº 1, un magazine au format de poche (déjà !). Son créateur, Al Gabriele, est tombé dans l'oubli, et la seule *Black Cat* dont les amateurs se souviennent avec nostalgie est celle de Lee Elias qui la dessina de 1946 à 1951. Détective de charme, motarde émérite et ceinture noire de judo, Black Cat était dans le civil Linda Turner, une jeune première d'Hollywood. Une originalité : des planches où elle expliquait des prises de judo entrecoupaient ses aventures. Ces démonstrations excitèrent la hargne du Dr Wertham car elles faisaient, affirma-t-il, courir des risques graves aux enfants ! *Black Cat* parut par intermittence jusqu'en 1963. Elle avait survécu au Comics Code et, par suite, duré trop longtemps pour participer au phénomène de revival du Silver Age[1].

Plastic Man, de Jack Cole, fut un des héros les plus fous, les plus invraisemblables, et aussi les plus drôles que nous aient donnés les comics. Il débuta dans le nº 1 de *Police Comics,* toujours en août 1941. À l'origine, Plastic Man était un petit criminel, Eel O'Brien, qui s'amendait après avoir acquis accidentellement ses pouvoirs en tombant dans une cuve de produits chimiques.

1 *Black Cat* reparaît depuis octobre 1988

© Comic Magazine/DC Comics

Dès cet instant, il put déformer son corps à volonté, étirer ses membres presque à l'infini et prendre n'importe quelle forme. Aussi, bien que Plastic Man fût vêtu d'un collant rouge voyant et eût porté de grosses lunettes de soleil, on ne savait jamais où il pouvait bien être. C'était peut-être lui ce lampadaire avec un abat-jour rouge, ou ce chariot, ou tout simplement le tapis ! Plastic Man était accompagné d'un autre gangster repenti, gros bonhomme nommé Woozy Winks, toujours coiffé d'un chapeau de paille. Le strip était bourré d'inventions graphiques délirantes, Plastic Man n'était vraiment pas un héros comme les autres; toutes ses aventures respiraient la parodie et la bonne humeur. Son comic-book dura jusqu'en 1956, puis il y eut quelques tentatives de revival entre 1966 et 1977. Le personnage appartient maintenant à DC Comics et peut occasionnellement apparaître dans l'un ou l'autre de leurs magazines. Son grand retour, dans un comics à son nom, a eu lieu à la fin 1988.

Dans le même numéro de *Police* une « débutante » faisait précisément ses débuts, *Phantom Lady* de Arthur Peddy. Banale histoire d'espionnage à propos d'un explosif à l'uranium. Sandra Knight, fille d'un sénateur US, fut une justicière comme tant d'autres et disparut fort justement dès 1943. D'où vient alors que Phantom Lady, l'unique, la somptueuse Phantom Lady, reste l'héroïne la plus recherchée et la plus regrettée de l'histoire du comic-book ? Le premier épisode s'achevait par ces mots : « *Phantom Lady vanishes.* » Ils étaient prophétiques car elle disparut… et revint, mais il nous faudra patienter jusqu'en 1947.

© Fox/DC

Blackhawk, de Chuck Cuidera, débuta dans le n° 1 de *Military Comics* (août 1941), pour avoir son propre magazine à partir de 1944. Le dernier numéro paru date de novembre 1984 ! On constate la considérable longévité du personnage, plus de quarante ans. Blackhawk n'était pas un super-héros, mais le chef d'un groupe de mercenaires qui allaient combattre sous tous les horizons du monde. Les Blackhawks étaient d'ailleurs armés, contrairement à Batman, au Captain America et à tous les justiciers masqués qui paraissaient alors. Le groupe comportait sept hommes tous vêtus d'un uniforme bleu nuit qui leur donnait une vague allure de SS. Il y avait Blackhawk, le leader, un Américain, André, un Français (qui prononçait z tous les th), Stanislaus, un Polonais, Olaf, un Suédois, Hendrikson, un Allemand antinazi, Chuck, un autre Américain et Chop-Chop, un Chinois comique qui était le seul à ne pas porter l'uniforme. Beaucoup plus tard il y eut une Lady Blackhawk, mais la bande avait déjà dégénéré. *Blackhawk* était un comic-book réaliste racontant strictement des histoires de guerre. Ce fut sa force. Après la fin de la guerre de Corée, ce fut aussi sa faiblesse et il ne fit plus que se survivre.

Le n° 8 de *All Star Comics* (décembre 1941) présentait dans ses dernières pages un nouveau personnage, *Wonder Woman,* destiné à devenir la vedette du n° 1 de *Sensation Comics,* à partir du mois de janvier 1942. *Wonder Woman* était dessinée par H.G Peters sur des scénarios de « Charles Moulton ». Ce pseudonyme cachait un psychologue connu à l'époque, William Moulton Marston, qui prétendait illustrer ainsi ses idées sur les relations liant les deux sexes. Il créa donc Wonder Woman, une Amazone venue de l'île secrète, Paradise Island, où régnait sa mère, la reine Hippolyte, une île dont l'homme était exclu. Wonder Woman avait pour mission d'aider les Américains dans leur lutte contre l'Allemagne nazie. Elle prit le nom de Diana Prince et devint la secrétaire du colonel Trevor. Bien entendu, elle s'éprit du colonel qui, lui, n'avait d'yeux que pour l'extraordinaire Wonder Woman. C'est qu'elle était douée d'une force prodigieuse, possédait un lasso magique, et portait des bracelets capables d'attirer et de détourner les balles. Néanmoins Wonder Woman fut souvent taxée de lesbianisme à cause de son pays d'origine, et de sadomasochisme, les uns prétendant qu'elle

se plaisait à enchaîner les mâles pour les humilier, les autres qu'elle était elle-même ligotée ou enchaînée un nombre de fois exagéré pour une Amazone toute-puissante. L'accusation de lesbianisme me semble une absurdité, Wonder Woman a toujours été éprise de Trevor et, plus tard, d'autres hommes. Sadique, je ne le crois pas non plus, en tout cas pas davantage que ses collègues mâles. Masochiste peut-être, car elle fut – et est – effectivement placée en *bondage* anormalement souvent. Wonder Woman changea beaucoup au fil des années, revint plusieurs fois dans son île (elle y est à l'heure où j'écris ces lignes), eut récemment (1988) un début de liaison avec Superman, essaya vainement de changer son ridicule costume, etc. Dans quelques épisodes on nous la montra à quatorze ans, sous le nom de Wonder Girl, puis à trois ou quatre ans, Wonder Tot, et certains scénarios déments faisaient coexister les trois apparences du personnage ! Wonder Woman a tout subi, mais elle a survécu, sans doute grâce à ses pouvoirs d'Amazone. Il y a quelques années le *Woman's lib* (MLF) tenta de l'annexer, en la choisissant pour porte-drapeau, là encore elle a su déjouer le piège.

« *Airboy* prit l'air pour la première fois dans le second numéro de *Air Fighters Comics,* en novembre 1942. Il paraissait avoir douze ans, un orphelin élevé par des

185

moines dans un monastère de Californie. Plus tard son nom fut révélé, David Nelson, et il rencontra son père mais, au départ, on l'appela simplement Davy. Son tuteur était un moine nommé Martier qui, pour quelque étrange raison, s'occupait (occupation rare et peu religieuse) d'aéronautique expérimentale. À la suite du sabotage de son nouvel avion à ailes de chauve-souris, Martier fut tué, et Davy se lança à la poursuite des espions pour le venger. Ce fut son premier exploit, puis Airboy, comme il avait décidé de se nommer, entreprit d'exterminer les forces aériennes allemandes et nippones, avec des résultats spectaculaires », écrit Catherine Yronwode (in *Valkyrie !,* Park Forest, Il, 1982). Airboy et son extraordinaire avion, Birdie, sont l'œuvre de Charles Biro, mais ce dernier fut bientôt remplacé par d'autres dessinateurs, en particulier Fred Kida qui introduisit le personnage de l'aviatrice allemande Valkyrie. Au début tout à fait nazie – « Ma vie appartient au Führer. Il est notre soleil », déclarait-elle –, elle évolua, rapidement révoltée par la barbarie de son propre camp, et déserta avec ses Air Maidens, sauvant par la même occasion Airboy et Birdie (novembre 1943). Il fallut alors vieillir Airboy pour justifier une romance entre Valkyrie et lui; on peut donc estimer qu'elle a vingt ans et lui désormais seize. *Airboy* eut beaucoup de succès et les combats aériens entre Birdie, l'avion à ailes de chauve-souris, et les appareils ennemis restent étonnants. Mais la reconversion fut difficile après-guerre et *Airboy* disparut en 1953. Il reparaît depuis juin 1986, recréé par Ron Crandall et publié par Eclipse Comics, il s'agit du fils de l'ancien héros. Au nº 5 on retrouve Valkyrie en état d'animation suspendue depuis trente ans et, tout récemment, elle devenait la maîtresse du fils de son ancien amant ! La bande n'a malheureusement pas la qualité graphique des vieux *Airboy,* même si on constate une grande volonté de fidélité chez la nouvelle équipe.

Nyoka, the Jungle Girl, fit ses débuts au cinéma en 1941 dans deux serials, *The Jungle Girl* et *Perils of Nyoka.* Après un premier numéro publié en 1942, sous le titre *Jungle Girl,* la version dessinée de *Nyoka* commença de paraître en mai 1944 dans le nº 50 de *Masters Comics.* L'année suivante elle eut son propre magazine, sous son nom; les premières couvertures étaient dessinées, mais le nº 25 fut illustré d'une photo de Kay Aldridge, l'actrice qui tenait le rôle de Nyoka Gordon. À partir du nº 30, toutes les couvertures devinrent photographiques, mais divers mannequins, ressemblant à Kay Aldridge, avaient remplacé l'actrice. Cette fille de la jungle partie rechercher son père disparu en Afrique, était très différente de Sheena, Camilla ou Tiger Girl. Chez elle, pas un soupçon

d'érotisme, pas la moindre tenue suggestive; une blouse et une jupe ou un short, telle était la tenue immuable de cette Tarzanne sage. En revanche, sur le goût des auteurs pour le *bondage,* il y aurait beaucoup à dire. À chaque épisode, Nyoka se retrouvait ligotée et soumise à un supplice mortel. C'est ainsi qu'elle fut successivement brûlée vive, enterrée vivante, livrée à une panthère affamée, attachée à la queue d'un buffle lancé au galop, jetée dans un lagon une grosse pierre aux pieds, liée sur une fourmilière, précipitée dans la fosse d'un tigre féroce, écrasée par un énorme rocher, etc. À défaut d'être la plus sexy, elle fut assurément la plus résistante de toutes les filles de la jungle. *Nyoka* reparaît depuis 1988, textes de Bill Black, dessins de Mark Heike; les couvertures des nos 2 et 3 sont illustrées de photos de Kay Aldridge extraites de *Perils of Nyoka.* À noter que ce serial et *Nyoka* ont servi de modèle à Steven Spielberg pour le personnage d'Indiana Jones. Le rôle, tenu par Harrison Ford, devait initialement aller à Tom Selleck, mais ce dernier, pris par le feuilleton TV *Magnum,* dut refuser. Dans un des épisodes de *Magnum,* Selleck se livre à une parodie de Indiana Jones et il est fait plusieurs fois référence à une certaine Nyoka Gordon...

Voici maintenant quatre jolies filles. La vogue des super-héros s'essoufflait un peu, c'est sans doute pour cela qu'on vit apparaître davantage de personnages féminins. Le premier, *Torchy* de Bill Ward, était une pin-up et rien d'autre. Elle fit ses grands débuts dans le n°8 de *Doll Man,* en 1946. (*Doll Man,* héros imaginé par Will Eisner, était un homme qui pouvait réduire sa taille à celle d'une poupée.) Comme dans le cas d'Archie, le personnage de Torchy, blonde super-sexy chargée d'apporter une note d'humour, ne tarda pas à voler la vedette au super-héros. Bientôt, elle eut son propre magazine, intitulé *Torchy, Blonde Bombshell,* qui dura jusqu'en septembre 1950. Ce fut le règne des bains moussants, déshabillés vaporeux et dessous transparents. Torchy Todd ne pensait pas à mal, mais elle affolait tous les hommes et les lecteurs aussi.

Blonde Phantom, de Syd Shores, débuta dans le numéro d'automne 1946 de *All Select* (n° 11), qui ne se remit pas de cette apparition fascinante. Dès le n° 12, le magazine prit le nom de la blonde héroïne et le garda jusqu'à son dernier numéro (mars 1949). Louise Grant, petite dactylo pas très maligne, est amoureuse de son patron;

189

celui-ci ne lui porte aucune attention car il est épris de Blonde Phantom, la femme mystérieuse qui traque les criminels. Ce n'était pas d'une folle originalité, mais que Blonde Phantom était belle avec sa longue robe rouge et son loup noir. Pour être franc, seuls le hasard et la bonne

volonté des criminels sauvaient notre héroïne des situations impossibles où sa propre stupidité l'avait précipitée. Signalons que l'éditorial du dernier numéro (n°21, janvier 1949) contenait une violente défense des comic-books contre les attaques dont ils étaient alors l'objet.[1]

Un des personnages favoris du Dr Wertham devait assurément être *Rulah Jungle Goddess,* de Alec Hope, car plusieurs de ses aventures sont citées, avec reproductions à l'appui, dans le livre du bon docteur. *Rulah* parut d'abord dans le n°7 de *Zoot Comics* en juin 1947, titre changé en *Rulah Jungle Goddess* du n°17 au dernier (juin 1949).

---

1. *Blonde Phantom* va reparaître dans *The She-Hulk* vers mars/avril 1989.

Jack Kamen illustra plusieurs des couvertures de la série. Rulah (Jane Dodge) était une aviatrice américaine tombée dans la jungle africaine. Dans la chute, son appareil avait tué une girafe et la jeune femme se tailla un maillot deux-pièces dans la peau de la bête, puis elle se rendit dans un village indigène dont elle devint rapidement la protectrice. Mais la jungle de Rulah était très particulière, les hommes y étaient noirs, ce qui paraît normal, mais les femmes y étaient toutes de blanches jeunes filles. Les scènes de *bondage* et même de sadisme y abondaient (une fille crucifiée, une flèche plantée dans le ventre, deux autres dans les cuisses, par exemple). Rulah elle-même était souvent torturée par de cruelles reines blanches ou des rois noirs pervers. Elle fut ainsi, un jour, livrée pieds et poings liés à un roi, qui dédaigna son corps pour la faire attacher à quatre piquets sur une pousse de bambou qui grandissait de dix centimètres par jour. Enfin, notre héroïne ne faisait pas mystère de ses goûts saphiques, ce qui ajoutait à l'aspect sulfureux du personnage. J'ai toujours été persuadé que Rulah avait été conçue par provocation envers les détracteurs des comics.

Phantom Lady, après deux années passées à sagement combattre le crime (1941-1943), revint en août 1947 sous les crayons de Matt Baker. Elle parut alors dans son propre magazine et dans *All Top,* jusqu'en avril 1949, puis, une dernière fois, de janvier à juin 1955[1]. Désormais, la belle Sandra Knight pourchassait les gangsters, vêtue (à peine) d'une délicieuse mini-robe de cocktail bleu pâle et d'une cape rouge. Mais écoutons l'auteur de S-F Juanita Coulson : « Puisque les comics étaient écrits par des hommes et souvent pour des

1. Dernière minute : *Phantom Lady* reparaît, sous l'aspect d'une *teen-ager*, dans *Action Comics*, depuis février 1989.

hommes, ils ne se souciaient évidemment pas du temps qu'il fallait pour faire tenir autour d'un torse de femme un de ces corsages sans bretelles, ni du fait qu'il était évidemment impossible de combattre les criminels dans un tel accoutrement. » (Extrait de *Of (super) human bondage,* in *The Comic-Book Book,* New Rochelle, NY, 1973.) Et plus loin : « Non seulement Phantom Lady avait des petits amis idiots, mais même son père ne connaissait pas son identité secrète, ce qui est tout de même un peu étrange puisqu'elle ne portait pas de masque. Cela suppose qu'elle devait passer le plus clair de son temps à faire en sorte que les gens ne la reconnaissent pas. À part ça, elle n'était pas mal. » Cette opinion favorable d'une critique habituellement sévère n'était évidemment pas celle du Dr Wertham qui voyait dans la belle Sandra Knight l'une des pires pécheresses du genre. Il reproduit la couverture du n° 17, dans *Seduction of the Innocent,* où l'on voit Phantom Lady attachée (à peine) à deux poteaux, avec la légende : « Exemple de stimulation sexuelle combinant la mise en avant des seins avec le rêve sadique de ligoter une femme ».

On ne s'étonnera pas que ce numéro de *Phantom Lady* cote 1 000 dollars au lieu de 400 pour les autres. Merci, Dr Wertham !

*

On s'en est rendu compte, le comic-book était en crise à la fin des années quarante. La mode des super-héros était passée, les jolies filles n'étaient que feu de paille, éducateurs et psychologues continuaient leurs attaques contre des magazines qu'ils jugeaient mal écrits et mal dessinés. Il fallait trouver autre chose. C'est à cette époque que l'aventure des EC Comics commence. Des livres, de nombreuses études ont été consacrés à cette « épopée » et je me contenterai d'en résumer les points principaux.

Max Gaines, l'ancien patron de DC Comics, avait fondé une nouvelle maison, Educational Comics, qui essayait de publier des magazines irréprochables à la fois par la forme et par le fond. Malheureusement, *Picture Stories from the Bible, Moon Girl* et autres, ne se vendaient pas. Il mourut alors accidentellement et fut remplacé par son fils William M. Gaines. Ce dernier changea la raison sociale de la firme en Entertaining Comics (toujours EC en abrégé), laissa tomber la Bible, mais garda l'excellente équipe de jeunes dessinateurs réunie par son père. EC Comics lança alors deux nouvelles lignes de produits : des comics de S-F pour adolescents et adultes et, ce qui était plus hardi, des comic-books d'horreur. Ces derniers, les fameux *« horror comics »*, firent un triomphe. Le Dr Wertham et autres censeurs choisirent d'ignorer la qualité du texte et des dessins pour ne s'attacher qu'à l'aspect grand-guignolesque de certaines illustrations et ils redoublèrent leurs attaques.

Avant d'entrer dans le détail des magazines lancés par Entertaining Comics, il faut dire un mot de leur numérotation qui est démente. Il existe par exemple deux *Weird Fantasy* n° 13, l'un de 1950 qui est en réalité le premier numéro paru, et l'autre de 1952 qui est le treizième. Au départ, tous ces nouveaux comic-books avaient suivi la numérotation de titres anciennement publiés par Educational Comics puis, en cours de route, avaient repris une numérotation normale à la demande, semble-t-il, de l'administration des PTT ! Prenons le cas de *Weird Fantasy :* en 1947, l'ancien EC avait lancé une médiocre super-héroïne, imitation de Wonder Woman, c'est *Moon Girl and the Prince,* n° 1. Titre changé en *Moon Girl* du n° 2 au 6. Titre changé en *Moon Girl Fights Crime,* n° 7 et 8. Titre changé en *A Moon, A Girl... Romance* du n° 9 au 12. Le nouvel EC commence alors et le titre devient *Weird Fantasy* du n° 13 au 17, puis la numérotation reprend au n° 6 et s'arrête au 22. Le magazine fusionne ensuite avec *Weird Science* sous le nouveau titre *Weird Science-Fantasy* du n° 23 au 29. Titre qui change encore en *Incredible Science Fiction* du n° 30 au 33. J'espère avoir été clair...

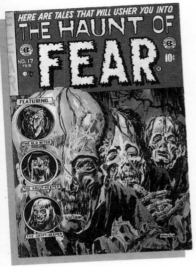

Le premier *Vault of Horror* (n° 12) est daté d'avril/mai 1950. Les histoires étaient des récits d'horreur à ambiance surnaturelle, ou de machinations criminelles. L'influence de H.P. Lovecraft était visible dans chaque numéro, et particulièrement dans les dessins de Graham Ingels qui avait choisi le pseudonyme tout indiqué de Ghastly ! Parmi les autres dessinateurs, l'un d'eux, Jack Davis, se détachait par sa violence délirante; il a signé quelques-unes des couvertures les plus extraordinaires des EC Comics. À leurs côtés, on trouvait Johnny Craig, Jack Kamen (qui dessina nombre de « *bondage covers* » pour d'autres firmes) et Albert Feldstein qui dirigeait l'équipe et dont le rôle a été primordial.

Le même mois paraissait *The Crypt of Terror* (n° 17), titre changé en *Tales from the Crypt* au quatrième numéro (n° 20) sous la pression de protestataires : l'emploi des mots *Terror* et *Horror* risquait de traumatiser l'esprit des jeunes *(sic)* ! Pour la même raison, *The Vault of Horror* fut lui-même rebaptisé plus tard *Crime SuspenStories*. Le troisième titre d'horreur, *The Haunt of Fear,* parut le mois suivant (n° 15, daté mai/juin 1950). Dans les trois magazines, chaque histoire était présentée par un récitant qui aurait fait passer la méchante sorcière de *Blanche Neige* pour un prix de beauté : the Old Witch, dont Ingels a laissé des interprétations exceptionnelles, the Vault-Keeper et the Crypt-Keeper. La grande nouveauté, en plus de l'excellent niveau graphique, résidait dans la qualité des textes. On était loin des historiettes de *Phantom Lady* ou du *Blue Beetle* : les récits des EC Comics, rédigés sous forme de nouvelles, n'auraient pas déparé une anthologie de la littérature d'épouvante.

194

Weird Science (n° 12, mai 1950) et *Weird Fantasy* sont révérés par tous les amateurs de S-F à l'égal des numéros d'*Astounding Science-Fiction* des années quarante. Ils bénéficiaient de dessinateurs exceptionnels, Frank Frazetta, Al Williamson, Wallace Wood, Joe Orlando, Albert Feldstein, Jack Kamen, et de la future équipe de *Mad,* Harvey Kurtzman et Bill Elder. Le premier *Weird Science* présentait une adaptation de *The Shrinking Man (L'homme qui rétrécit)* de Richard Matheson, sous le titre *Lost in the Microcosm,* et bientôt Ray Bradbury donna son accord pour laisser adapter une série de ses nouvelles (à dire vrai, les adaptations avaient commencé sans son accord). On trouve un de ses classiques, *The One who Waits (La longue attente),* magnifiquement illustré par Al Williamson dans le n° 19 de *Weird Science*; quant au récit qui conclut *The Martian Chronicles (Les chroniques martiennes),* intitulé *Million Year Picnic (Le pique-nique d'un million d'années),* il figure dans le n° 21 de *Weird Fantasy* mis en images par Severin et Elder. C'était de l'art.

EC Comics choisit alors d'exploiter une troisième voie, celle de la parodie, et produisit *Mad* et *Panic* dont tous les numéros restent des chefs-d'œuvre inégalés. *Mad,* sous forme de comic-book en couleurs, compta vingt-trois numéros d'octobre/novembre 1952 (n° 1) à mai 1955, et *Panic* douze numéros de février 1954 (n° 1) à janvier 1956. *Mad* reparut ensuite sous forme d'un magazine grand format, en noir et blanc, à partir de juillet 1955 (n° 24) et paraît encore. Les deux comic-books avaient pour rédacteur en chef Harvey Kurtzman, un des esprits les plus tordus et les plus inventifs de la B-D. Pour dessinateurs, outre son âme damnée Bill Elder (avec qui il créera plus tard *Little Annie Fanny),* il disposait de Jack Davis, Wally Wood, Basil Wolverton, etc. *Mad* s'attaqua d'abord aux héros de comics et se livra à des parodies désopilantes et dévastatrices de *Flash Gordon, Wonder Woman, Mandrake the Magician, Superman, The Shadow, The Katzenjammer Kids, The Lone Ranger,* etc. Il parodia également des émissions de radio populaires à l'époque et des films. Les couvertures, simplement provocantes au début, devinrent ahurissantes par la suite, ce qui entraîna d'ailleurs la mévente du n° 20. Sa couverture reproduisait celle d'un cahier d'écolier, titré en assez gros caractères COMPOSITION et sous-titré en très petites lettres manuscrites : *« Mad*

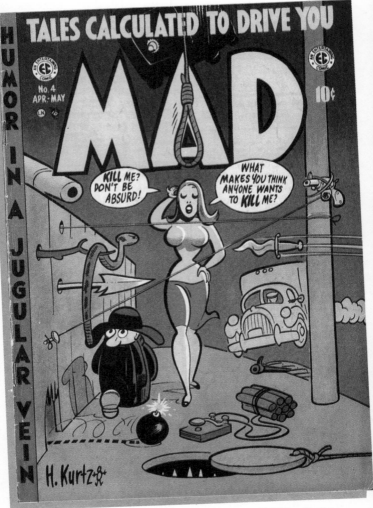

196

Number 20, Feb. 10c ». Beaucoup de marchands furent abusés et empilèrent leurs exemplaires au milieu des fournitures scolaires... où ils restèrent !

Après l'instauration du Comics Code Authority, William M. Gaines essaya de lancer d'autres comic-books : *Two-Fisted Tales* (sur la boxe), *Piracy* (histoires de pirates), etc. Aussi bien dessinés, mais moins percutants : le public ne s'y retrouva pas. Gaines se résigna à saborder toutes ses séries, conservant seulement *Mad* sous forme de magazine. Au début des années soixante-dix, quand le phénomène de reconnaissance de la B-D commença, le Dr Wertham passa du rang d'accusateur à celui d'accusé. Il devint la cible de tous les amateurs qui lui reprochèrent d'avoir par son aveuglement et sa stupidité provoqué la mort des EC Comics. En avril 1972, il tenta de se défendre dans une lettre ouverte transmise à un journal : « Je n'ai jamais mentionné EC Comics dans aucun de mes écrits ou conférences. C'est un exemple des faux bruits qui courent autour de moi et qui devraient disparaître une fois pour toutes. (...) Dans la bibliographie (de mon livre), dans laquelle je donnais les noms de tous les éditeurs auxquels se référait le texte, le nom de EC Comics n'apparaît pas. » Exact, sauf que EC figurait sous d'autres raisons sociales, et que le livre reproduisait des dessins extraits de *The Haunt of Fear, Weird Science* et *Crime Suspen-Stories* ! Pour terminer je céderai la parole à un grand amateur américain, Don Thompson : « Quand EC a disparu, les vrais perdants furent les lecteurs. Mais je ne peux regretter trop ces histoires qui n'ont jamais vu le jour. Celles qui sont parues ont changé ma vie, l'ont modelée, et m'ont fait ce que je suis aujourd'hui. Je suis relativement heureux. Si seulement j'avais une collection complète à l'état neuf des EC Comics, je serais complètement heureux » (in *The Comic-Book Book,* New Rochelle, NY, 1973).

2 - THE SILVER AGE (1961-1970)

Certains spécialistes datent ce deuxième âge d'or du revival de *Flash* dans le n°4 de *Showcase* en 1956. Pour ma part, je ne pense pas que cette résurrection ait fait grand bruit; en revanche, la rencontre des deux *Flash* en septembre 1961, puis la création des *Fantastic Four*, deux mois plus tard, donnèrent le signal du nouveau départ. Il se passait quelque chose de neuf. La fin d'une époque est toujours plus difficile à fixer : un événement précis crée une école, entraîne une mode, il est rare qu'un autre fait brutal en signifie la fin comme ce fut le cas avec l'apparition du Comics Code. J'ai choisi 1970 car c'est

l'année de création de *Conan the Barbarian,* dernier personnage important produit par le *Silver Age.*

Cet âge d'argent, c'est aussi un homme, un rédacteur en chef et scénariste, Stan Lee. Il travaillait déjà sur *Captain America* après le retrait de Joe Simon, quand il avait seize ans ! Il sentit que, dans le marasme des comics de l'après-Code, il y avait place pour une nouvelle race de super-héros. Car, ne nous y trompons pas, pour Stan Lee, comme pour tous les fanas de comic-books, la bande dessinée se réduit aux super-héros, rien d'autre. Il avait assisté à leur ascension puis à leur chute. Il avait compris que le Submariner avait été passionnant tant qu'il avait haï les hommes, c'est-à-dire tant qu'il avait exprimé des sentiments personnels. À l'inverse, *Flash* était un produit totalement aseptisé, on sortait Barry Allen de sa boîte au début d'une aventure, on le rangeait dans la naphtaline à la fin. Entre-temps, tout le monde se rendait compte qu'il n'existait pas. Stan Lee eut donc l'idée simple, mais géniale, de créér des super-héros avec des problèmes personnels, une vie privée complexe. Des super-héros qui étaient aussi des hommes de tous les jours. La lutte contre les criminels ne représentait qu'une partie de leur existence, comme le travail quotidien pour chacun de nous. C'est ainsi que l'on vit les Fantastic Four avoir des difficultés à payer leurs impôts ou, plus tard, Spider-Man se piquer les doigts avec une aiguille en reprisant son costume d'araignée ! Imaginez Mandrake repassant son frac ou Tarzan rapiéçant son pagne… Impossible, tout simplement impossible, les héros ne se commettaient pas dans les actes triviaux de la vie quotidienne. Quant aux amours, mieux valait n'en point parler, ils se réduisaient à d'éternelles fiançailles ou au mariage bourgeois. Toutefois, sur ce dernier point, Stan Lee dut se montrer prudent, car le Comics Code était toujours là qui veillait. Lee bouleversa bien des tabous, mais n'osa pas libéraliser les mœurs.

The Fantastic Four nº 1 est paru en novembre 1961, textes de Stan Lee *(the man)* et dessins de Jack Kirby *(the king).* Le groupe se composait de Reed Richards (Mr Fantastic), le leader, sorte d'homme caoutchouc (pouvoirs en partie imités de ceux de Plastic Man); Johnny Storm (the Human Torch), un adolescent ombrageux qui vole sous sa forme ignée (copie de l'ancien Human Torch); sa sœur Susan Storm (Invisible Girl) qui peut se rendre

© Marvel Comics Group

invisible (imitée de Invisible Scarlet O'Neil); Ben Grimm (The Thing), scientifique qu'un accident a rendu monstrueux, mais doté d'une force colossale. En somme du neuf fait avec du vieux. Mais quel neuf! Tous ces personnages avaient les nerfs à fleur de peau, tous étaient enthousiastes, irritables, et bourrés de complexes. Reed Richards aimait Sue, mais se trouvait trop vieux pour elle; Johnny Storm était un gamin d'une insupportable prétention; sa sœur, une petite sotte sans cervelle, et Ben Grimm, un malheureux obsédé par l'image monstrueuse que lui renvoyait son miroir. Mais voyez, je viens de parler de Reed Richards, de Sue, jamais je n'aurai nommé Batman ou Phantom Lady par leur nom de famille. Quelle que soit leur aura, ils sont seulement des héros de B-D, Bruce Wayne ou Sandra Knight n'existent pas. Susan ou Johnny Storm existent, eux. Ils sont vrais. En revanche, qui connaît le nom du Dr Doom, leur ennemi juré? Derrière son armure d'acier, il n'est qu'un robot, pas un homme; ainsi la sympathie du lecteur va toute aux seuls héros. Les méchants restent privés de vie réelle.

Le système imaginé par Stan Lee apportait réellement du neuf et allait faire merveille à travers toute une série de nouveaux personnages, tels *Spider-Man, The X-Men, The Hulk, The Avengers,* etc., mais il portait en lui ses propres limitations. On ne pouvait pas éternellement ressasser les mêmes problèmes, toujours revenir aux mêmes antagonismes. Un jour, Sue Storm finit par dire oui à Reed Richards qui l'épousa. Stan Lee crut alors avoir découvert une nouvelle panacée : le changement. Changement dans les liens unissant les personnages, puis changement de personnages tout court! C'est ainsi qu'aujourd'hui on ne sait plus quel héros appartient à quel groupe : peut-être a-t-il été remplacé par un de ses ennemis d'hier!

On ne sait pas davantage quel est son costume, voire son aspect physique. Ainsi, à l'heure où j'écris ces lignes, Sue et Reed Richards ont quitté les Fantastic Four, remplacés par une de leurs anciennes adversaires, Cristal des Inhumains, et par Ms Marvel. Cette dernière, une blonde sculpturale, qui avait jadis appartenu au groupe des Avengers, est maintenant aussi grosse et monstrueuse que The Thing en personne ! Johnny Storm a épousé Alicia, une jeune aveugle que j'avais crue autrefois éprise de Ben Grimm, mais The Human Torch est manifestement amoureux de Cristal. Quant à Ben, The Thing, il semble porter quelque intérêt à Sharon, Ms Marvel. Que se passera-t-il quand elle aura retrouvé sa beauté ? Cet épisode (nos 314 à 317) fait aussi intervenir deux anciens héros de Stan Lee, Ka-Zar the Savage, une imitation de Tarzan qui vit dans un monde souterrain, et Shanna the She-Devil, une copie de Sheena, qui a épousé Ka-Zar au début 1984. Trop, c'est trop, on s'y perd. Cette surenchère constante dans la nouveauté finit par mettre fin au *« Marvel Age of Comics »,* comme se plaisait à l'appeler Stan Lee.

The Amazing Spider-Man parut d'abord dans l'unique numéro d'*Amazing Fantasy* (no 15, août 1962), puis eut son propre magazine à partir de mars 1963. Stan Lee, scénariste, et Steve Ditko, dessinateur, avaient conçu là

leur meilleur personnage. Peter Parker, un élève de high-school, mordu par une araignée radioactive, avait acquis des super-pouvoirs dérivés de ceux de cet arthropode. Il pouvait grimper le long des murs, projeter des fils gluants lui permettant de sauter d'un immeuble à l'autre... C'était un héros d'un type nouveau, entièrement original. Par ailleurs pauvre, méprisé sous son identité réelle, haï sous celle du justicier, Peter Parker avait beaucoup de problèmes. Il survivait et parvenait à payer ses études en vendant des photos de Spider-Man à un directeur de journal qui poursuivait de sa haine le super-héros ! Rejeté par tous, Spidey, par autodérision, se nommait lui-même *« your friendly neighborhood Spider-Man »* (votre amical voisin l'Homme-Araignée). On a écrit de Peter Parker qu'il était le premier héros de B-D « dostoïevskien ». Le succès du personnage fut prodigieux aussi bien dans l'extraordinaire version de Steve Ditko que dans celle, plus classique, de Johnny Romita qui lui succéda en 1966.

Consécration, le 3 janvier 1977, un comic strip, signé Lee et Romita, faisait son apparition dans les journaux (bandes quotidiennes et du dimanche) où on lui donnait aussitôt la vedette, c'est-à-dire la première page. Il se poursuit aujourd'hui, toujours sous la signature de Stan Lee, mais avec d'autres dessinateurs. Le personnage de Peter Parker a évolué. Avec le temps, il s'est intégré à la société et a épousé en 1987 (*Annual* n° 21) Mary-Jane Watson, son flirt de toujours (non sans avoir regretté la blonde Gwen, tuée au cours d'une bataille avec The Green Goblin, un des plus féroces ennemis de notre *« web slinger »*). Toutefois *The Amazing Spider-Man* n'est plus le titre best-seller de Marvel Comics, il a été dépassé par les *X-Men* depuis peu.

Le n° 1 des *X-Men* est paru en septembre 1963, le titre a été modifié en *The Uncanny X-Men* au n° 142. Stan Lee était à la machine à écrire et Jack Kirby aux crayons. Là encore, Lee fit habilement du neuf (le groupe de mutants) avec du vieux (leurs super-pouvoirs). Le Pr Xavier, un infirme cloué à son fauteuil roulant, mais doué de pouvoirs psychiques, avait créé une école spécialisée dans l'entraînement des dons naturels de jeunes mutants. L'équipe d'origine était composée de Cyclops (leader), Marvel Girl, Iceman, Angel et The Beast. Ils combattaient d'autres mutants qui complotaient contre l'humanité à l'insu de

tous. La chute des ventes entraîna la suppression du magazine en mars 1970. L'année suivante *The X-Men* reprit, sous forme de rééditions des premiers épisodes; le nouveau départ n'eut véritablement lieu qu'en août 1975 (n° 94). Marvel Girl, Iceman et Angel quittèrent le groupe et furent remplacés par Storm, Wolverine, Colossus, Nightcrawler, Thunderbird et Banshee. Plus tard une gamine, Kitty Pryde, et une héroïne lancée sans succès en 1981, The Dazzler, rejoignirent le groupe, tandis que Phoenix s'en allait. Storm, une splendide Noire aux cheveux de lin qui a le pouvoir de déclencher des orages, devint alors leader. Leur dernière recrue est Rogue, une jeune femme assez difficile à mettre en scène car elle ne peut utiliser ses super-pouvoirs que nue ! Le tabou de la nudité est toujours vivace, et le Comics Code veille. Là aussi, tous ces mutants sont des êtres mal dans leur peau, souffrant d'être différents des autres, parfois incertains sur la légitimité du combat qu'ils mènent. De nombreux dessinateurs ont succédé à Jack Kirby, et parmi eux Jim Steranko, Neal Adams, Barry Smith, John Byrne.

Nouvelle production de Stan Lee et Jack Kirby, *The Avengers (les Vengeurs)* était lancé peu après *The X-Men,* en septembre 1963. Cinq héros de la firme Marvel avaient décidé de former un groupe, à la manière de la JSA : Iron Man, Thor, The Hulk, Ant-Man et The Wasp. Iron

Man, un homme malade du cœur, portait une armure qui lui conférait ses pouvoirs, Thor n'était autre que le dieu nordique armé de son marteau, et The Hulk, un homme monstrueux, à la peau verte, doué d'autant de force que de haine de l'humanité. Ant-Man et sa petite amie, The Wasp, réduisaient leur taille pour combattre. Plus tard Ant-Man devint au contraire très grand, d'abord sous le nom de Giant Man, puis sous celui de Goliath. Au n° 4, ils découvrirent le corps du Captain America et, une fois ramené à la vie, il devint à son tour un Avenger. Tous ces héros étaient caractériels et névrosés, ce qui rendait leur association plus qu'instable, et ils se battaient aussi souvent entre eux qu'avec leurs adversaires ! Les titulaires du groupe ne cessèrent pas de changer à partir du n° 16. En octobre 1988, les Avengers étaient composés de Thor, Dr Druid, The Black Knight et The She-Hulk (la contrepartie féminine du Hulk, plus jolie mais tout aussi verte). Qu'en sera-t-il à l'heure où paraîtront ces lignes ?

Stan Lee a encore créé bien d'autres héros : en 1963, *Doctor Strange,* dessiné par Steve Ditko, une sorte de Mandrake dont les pouvoirs provenaient d'une amulette mystique. En 1964, *Daredevil,* surtout dessiné par Gene Colan, un aveugle aux sens supérieurement aiguisés (rien à voir avec le *Daredevil* des années quarante qui n'avait qu'un boomerang en guise de super-pouvoirs). En 1963 parut *Sgt Fury and his Howling Commandos*, de Jack Kirby, un comics de guerre violent et viril qui présenta un nouveau héros : Nick Fury. Plus tard, le magazine *Strange Tales* révéla dans son numéro d'août 1965 (n° 135) une autre facette de ce personnage. *Nick Fury Agent of S.H.I.E.L.D.,* magnifiquement illustré d'abord par Kirby, puis par Jim Steranko, fut une réussite remarquable. Nick Fury, sergent pendant la Seconde Guerre mondiale puis devenu colonel, s'était transformé en une sorte de super-James Bond, borgne, violent et fort en gueule. Les gadgets inventés par Stan Lee étaient ahurissants et la lutte de Fury contre l'organisation secrète Hydra reste un véritable morceau d'anthologie. Jim Steranko s'y révéla ensuite un artiste digne du « King » Kirby, malheureusement il dessinait trop lentement pour le rythme forcené des comic-books et dut rapidement abandonner. Fin 1988, une mini-série de six comics vient de relancer le personnage : *Nick Fury Vs S.H.I.E.L.D.* (*Vs* signifie contre); bien que pré-

© Marvel Comics Group

sentée comme un produit haut de gamme, cette série n'a pas la puissance extraordinaire des *Strange Tales* de 1965.

En mars 1966, les Fantastic Four rencontrèrent dans l'espace un géant aux pouvoirs presque divins, Galactus. Il avait pour héraut un personnage étrange, au corps métallisé, *The Silver Surfer,* qui surfait entre les planètes. Prisonnier de la Terre, le Surfer d'argent s'intéressa aux problèmes des humains, sans y rien comprendre d'ailleurs, devenant au fil des épisodes une créature christique au discours moralisateur. Je le vis disparaître de la bande avec soulagement. Il revint en août 1968; cette fois John Buscema avait succédé à Kirby, le personnage n'en était pas plus intéressant et le magazine fut arrêté au bout de quelques années. Stan Lee accusa l'infantilisme du public, il aurait peut-être mieux fait de s'en prendre à l'infantilisme de son héros. *The Silver Surfer* reparaît, mal dessiné, depuis juillet 1987. En décembre 1988 et janvier 1989, une mini-série de deux comics vient d'être consacrée au Silver Surfer, illustrée par le dessinateur français Jean Giraud, alias Moebius, l'auteur de *Lt Blueberry* : un fait unique dans les annales des comics américains. Malheureusement, les deux magazines sont mal imprimés.

Enfin vint *Conan.* Cette fois Stan Lee n'était plus que l'adaptateur des récits d'heroic fantasy de Robert Howard (mort en 1936). Le n° 1 de *Conan the Barbarian,* dessiné par Barry Smith, parut en octobre 1970. Ce nouvel artiste avait su rendre à merveille toute la sauvagerie d'une époque que son auteur situe 8 000 ans avant notre ère. Conan n'était qu'un homme, mais on le sentait plus fort que la plupart des super-héros, de la même façon que Sheena aurait écrasé n'importe quelle fille douée de super-pouvoirs. Conan, c'est la force brutale à l'état pur, la magie des anciens âges, l'aventure poussée jusqu'à la déraison. Le succès fut immédiat et fabuleux, il entraîna la réalisation de deux films à gros budget, dans lesquels Arnold Schwartzenegger campa un Conan très crédible.

Cette domination absolue de Marvel dans la création de nouveaux héros ne doit pas faire oublier DC Comics. Certes la vieille firme n'a procédé à aucun lancement important pendant ces années 1961/70, si ce n'est *Hawkman* en 1961. *Flash* et *Green Lantern* étaient reparus avant et la *JLA, Justice League of America,* en 1960, qui reprenait la formule de la Justice Society. Mais tous ces

personnages sont en pleine activité et les vieux super-héros des années quarante ont repris du service. En effet, depuis la rencontre historique entre l'ancien Flash et le nouveau, le concept de deux Terres parallèles s'est imposé aux auteurs de DC. Dans notre monde existent les membres de la JLA, c'est-à-dire Superman, Batman, Wonder Woman, Aquaman, Green Lantern, Flash, Green Arrow, Hawkman, etc. Dans la Terre n° 2 ce sont les héros de la JSA qui continuent d'opérer, soit The Spectre, Dr Fate, Starman, Dr Midnite, Johnny Thunder, et les anciens Flash, Green Lantern et Hawkman, etc. Une fois par an une aventure commune s'étendant sur deux numéros réunit tous ces personnages, ceux de la JSA comme ceux de la JLA; la difficulté est alors de trouver un ennemi à leur taille ! DC Comics participa donc à ce *Silver Age,* non par sa créativité, mais par une meilleure utilisation de ses anciens héros tant dans l'élaboration des scénarios que par la qualité des dessins.

En 1964 l'éditeur James Warren voulut redonner vie aux fameux *horror comics*. Il réunit l'ancienne équipe des EC Comics, Jack Davis, Frank Frazetta, Al Williamson, Joe Orlando, et quelques nouveaux, Reed Crandall, Gray Morrow, Angelo Torres, et publia *Creepy*, sous-titré « le comics qui vous donne la chair de poule ». C'était un magazine grand format en noir et blanc et non un comic-book. Mais malgré la bonne tenue des textes et des dessins, *Creepy* n'avait pourtant rien de comparable aux vieux horror comics. Ceci n'est pas seulement une opinion personnelle : l'*Overstreet Price Guide* peut trancher. Le premier *Haunt of Fear* cote 700 dollars et le n° 1 de *Creepy* 5 dollars ! En septembre 1965, Warren lança *Eerie* dont les premiers numéros comportent de magnifiques illustrations de Frank Frazetta. Quatre ans plus tard, *Vampirella* vint rejoindre ses deux aînés. Une superbe couverture de Frazetta présentait le personnage de Vampirella of Draculon, une vampire supersexy (et peu vêtue) imaginée par Forrest J Ackerman, le célèbre spécialiste de S-F. À l'intérieur, *Vampi* était illustrée par Tom Sutton. Un grand nombre de dessinateurs lui donnèrent vie jusqu'en février 1983, date à laquelle *Vampirella* et *Eerie* cessèrent de paraître. Seul *Creepy* survécut deux ans encore. Une fois de plus on avait pu vérifier qu'une entreprise fondée sur la nostalgie, même de qualité, n'est pas viable.

3. LES ANNÉES RÉCENTES (1970-1989)

La première décennie est d'abord marquée par la bataille acharnée que se livrèrent Marvel et DC Comics. DC frappa fort en attirant Jack Kirby, the King en personne. Entre 1971 et 1972, il créa cinq nouveaux comic-books, *The New Gods*, *Mr Miracle*, *Forever People*, *The Demon* et *Kamandi, the Last Boy on Earth*, écrits, dessinés et édités par lui. Kirby était enfin libre, il n'avait pas à composer avec un scénariste, il n'avait plus de comptes à rendre à un rédacteur en chef. Les réactions des professionnels furent bonnes, pas celles du public. Kirby était un artiste, pas un conteur d'histoires, et quelques années plus tard, le King retourna chez Marvel. Cette compagnie, elle, décida plutôt d'exploiter le succès de *Conan* en donnant vie à deux autres personnages de Robert E. Howard, *Kull, the Conqueror* et *Red Sonja, She-Devil with a Sword* (Sonia la Rouge, la Diablesse avec une épée). Le roi Kull fut lancé en juin 1971, dessiné par Ross Andru et Wally Wood. Quant à Red Sonja, après deux apparitions dans *Conan*, elle eut son propre magazine à partir de novembre 1975. Si, dans l'unique nouvelle où Howard fait apparaître Red Sonja, elle vit au XVIIᵉ siècle et n'a rien d'une héroïne d'heroic fantasy, Stan Lee décida, lui, de la ramener à l'époque de Conan, et la vêtit d'un étonnant bikini de métal. Le personnage fut porté à l'écran avec Birgit Nilsen dans le rôle, mais sans les pastilles métalliques ! Les premiers *Red Sonja* furent dessinés par Dick Giordano, puis le personnage échut à Frank Thorne. *Red Sonja* eut une existence à éclipses et n'eut pas moins de quatre nᵒ 1 ! *Kull the Conqueror*, rebaptisé *Kull the Destroyer* au nᵒ 11, se poursuivit jusqu'à fin 1978. Kull et Red Sonja parurent ensemble, en 1975, dans un magazine en noir et blanc grand format intitulé *Kull & the Barbarians*.

Plus originale fut la création, fin 1973, de *Howard the Duck* qui obtint son propre magazine en janvier 1976. Cette fois Stan Lee se contenta de superviser, sur des dessins de Frank Brunner, les scénarios de Steve Gerber, un des auteurs les plus doués et les plus fous de la nouvelle génération. Howard ressemblerait à s'y méprendre à Donald Duck, n'était le gros cigare qu'il fume en perma-

© Marvel Comics Group

nence, n'était encore son goût pour les filles (les filles, pas les canes) et les boissons fortes. Personnage caricatural, Howard the Duck crève la page et eut beaucoup de succès auprès des étudiants des campus américains. Dans le nº 1, transformé en Conan (coiffé d'un ridicule petit casque à cornes), il rencontre une jolie fille enchaînée à un mur et la délivre grâce à un heureux concours de circonstances. Il se trouve alors confronté à un terrible magicien, nommé Pro-Rata; celui-ci envoie Howard chercher une clé permettant de devenir caissier de l'univers! Au moment de succomber, Howard est sauvé par l'arrivée inopinée d'un Spider-Man qui se demande bien ce qu'il fait là. Après le départ de Steve Gerber, trop dément pour une maison comme Marvel, *Howard the Duck* déclina et disparut en 1979 pour réapparaître plusieurs fois, la dernière en 1986/87 au moment de la sortie du film (raté) de George Lucas.

De son côté DC avait décidé d'explorer à nouveau la voie des horror comics, mettant l'accent sur l'épouvante surnaturelle plutôt que sur le grand-guignolesque. Il y eut quelques essais, puis le nº 1 de *Swamp Thing* parut en octobre 1972, magnifiquement illustré par Berni Wright-

211

son, dessinateur dans la tradition de Graham Ingels. Les efforts du monstre, qui fut autrefois le Dr Alec Holland, pour gagner la sympathie des humains sont émouvants, et l'atmosphère de sorcellerie qui entoure le personnage est bien rendue. *The Swamp Thing* dura jusqu'en septembre 1976, et les dix premiers numéros, dessinés par Wrightson, demeurent des modèles du genre.

DC ne voulait pas non plus rester absent du domaine de l'heroic fantasy, et lança, après plusieurs tentatives infructueuses, *The Warlord,* en novembre 1975. Textes et dessins étaient l'œuvre de Mike Grell sous la direction de Joe Orlando, ancien des EC Comics devenu directeur artistique de la firme. L'action se situait dans le monde intérieur du centre de la Terre, où un officier américain, Travis Morgan, était précipité par un missile soviétique. Là, devenu le Warlord (le seigneur de la guerre), il sauvait une jolie guerrière, Tara. Ensuite, conduit à la cour du roi Baldur, il échappait de justesse à la haine du grand prêtre. Depuis, il vivait dans les bois, avec Tara, parmi des monstres préhistoriques, des marchands d'esclaves, des divinités païennes. Rien de très neuf, donc, mais des contacts avec le monde extérieur permirent aux scénaristes de renouveler leur inspiration; en particulier l'arrivée d'une archéologue russe, Mariah Romanova, relança le récit. Le *Warlord* cessa de paraître au n° 133 (hiver 1988) faute de lecteurs; cependant, entre tous les titres lancés par DC et Marvel à la fin des années soixante-dix, ce magazine fut le seul à exister plus de dix ans.

Ce fut alors que l'impossible se produisit. La guerre commerciale féroce que se livraient les deux géants, DC Comics et la Marvel Company, les avait affaiblis et les ventes de tous leurs magazines baissaient. Stan Lee et Carmine Infantino (le dessinateur de *Flash* et *Adam*

Strange devenu éditeur de DC) décidèrent de conclure une trêve et de la concrétiser par la parution d'un comic-book opposant leurs deux meilleurs champions. Ce fut, en avril 1976, *Superman Vs the Amazing Spider-Man,* sous-titré « La bataille du siècle », un magazine grand format de cent pages vendu huit fois plus cher que la normale. Le dessinateur choisi fut Ross Andru, le créateur des *Metal Men.* Bien entendu, il n'y eut ni vainqueur ni vaincu. Spidey et the Man of Steel se quittèrent les meilleurs amis du monde : une opération strictement commerciale.

Malgré cette bouffée d'oxygène les ventes des DC Comics continuèrent de baisser. Les scénarios, voulus par Carmine Infantino plus adultes et ouverts sur les problèmes contemporains, déconcertaient la jeune clientèle. Infantino, alors devenu président de DC, fut obligé de démissionner et redevint dessinateur. Marvel, désormais première compagnie de comic-books, le resta depuis. C'est tout naturellement avec elle que traita la Lucas Film pour le lancement de la bande tirée de *Star Wars.* Le premier numéro parut en juillet 1977, textes de Roy Thomas et dessins de Howard Chaykin, un ancien élève de Wally Wood qui avait réalisé des comic strips déshabillés pour les militaires américains. Mal à l'aise dans *Star Wars,* il abandonna au nº 10. Le magazine vécut jusqu'en septembre 1986.

Stan Lee tenta également de lancer quelques super-héroïnes. D'abord *Ms Marvel,* par John Buscema, en janvier 1977. Carol Danvers travaillait dans le même journal que Spider-Man et n'avait pas conscience de devenir par moments une femme douée de super-pouvoirs. Nous avons vu que, sous une apparence repoussante, elle fait maintenant partie des Fantastic Four. En second lieu, *The Spider-Woman* dessinée par Carmine Infantino sur des textes de Marv Wolfman; Jessica Drew était une Anglaise atteinte tout enfant par des radiations d'uranium et soignée avec un sérum extrait d'araignées. Elle parut d'avril 1978 (nº 1) à juin 1983 (nº 50); à la fin de ce dernier numéro, après avoir combattu la fée Morgane, elle ne put réintégrer son corps et mourut ! Enfin une mutante, *The Dazzler,* fut lancée en mars 1981, dessinée par John Romita Jr ; ce premier numéro mettait déjà en scène les

X-Men, et annonçait la future intégration de cette nouvelle héroïne à ce groupe. Marvel se portait mieux que DC, mais tournait en rond.

*

La dernière décennie vit l'apparition de plusieurs petits éditeurs, Pacific Comics, Eclipse, First Comics, Americomics, Dark Horse, Kitchen Sink Press, QC Comics, Continuity, Eternity, Metro Comics, etc. Ils ont publié et publient encore des bandes intéressantes, d'une liberté de ton ignorée chez les grandes firmes, car ces nouveaux s'étaient affranchis du fameux sceau décerné par le Comics Code et cherchaient à faire preuve d'originalité. Un moment, les spécialistes pensèrent que le renouveau du comic-book allait venir d'eux, mais il n'en fut rien. C'est une fois encore DC qui va reprendre le flambeau avec un personnage qu'on croyait définitivement usé : The Batman lui-même.
Nous y reviendrons.

Le pionnier fut Pacific Comics qui révolutionna la profession en proposant aux dessinateurs et scénaristes de leur laisser la propriété de leurs bandes (ce que Marvel et DC ne faisaient pas) et de leur verser des droits et non un forfait. Aussi Jack Kirby, Mike Grell, Neal Adams, Dave Stevens et autres acceptèrent de travailler pour cette firme. Elle fit malheureusement faillite pour des questions de distribution et a été reprise aujourd'hui par Eclipse. Parmi les titres de Pacific Comics, citons *Starslayer* de Mike Grell (n° 1 en automne 1981), une excellente histoire de S-F qui se poursuivait dans les six premiers numéros; la bande se transforma ensuite et devint de l'heroic fantasy. Sur une Terre future, une scientifique, Tamara, était chargée de recruter un guerrier du passé pour mener à bien une difficile mission; elle arrachait à l'époque romaine Torin Mac Quillon, un Scythe expert au maniement de l'épée. Mais les buts de Tamara étaient assez différents de la mission dont on l'avait chargée. À partir du n° 2 (avril 1982), *Starslayer* publia une seconde bande qui éclipsa très vite l'histoire de Torin et Tamara : *The Rocketeer,* de Dave Stevens. L'action se situait en 1938 à Los Angeles, Cliff Sterret découvrait un réacteur dorsal caché dans son

avion par des criminels. Il décidait de s'en servir afin de gagner ainsi quelque argent et d'impressionner sa petite amie Betty, une brune somptueuse qui posait pour des photographes dans le plus simple appareil. Cliff ajouta un casque à son équipement afin que les véritables propriétaires de l'appareil ne puissent découvrir son identité. Aventures échevelées, acrobaties aériennes, humour, un zeste d'érotisme, voici *The Rocketeer,* une incontestable réussite.

Somerset Holmes, une mini-série (la nouvelle mode !) de six comic-books, parut entre 1983 et 1984; textes de Bruce Jones, dessins de Brent Anderson. Une femme courait le long d'une route, la nuit, les phares d'une voiture apparaissaient au lointain, grossissaient, et le corps de la femme allait rouler dans le fossé. Secourue plus tard par un automobiliste, elle se rendait compte qu'elle était amnésique. Comme il lui demandait son nom, elle apercevait un panneau publicitaire de maisons préfabriquées, les « Summerset Homes », et elle répondait : « Mon nom est Somerset... Somerset Holmes ». La suite du récit tenait les promesses du début, un suspense dans la grande tradition d'Hitchcock où la malheureuse Somerset était prise au cœur d'une immense conjuration. Les illustrations de Brent Anderson étaient de premier ordre, modernes, incisives, avec des cadrages étonnants.

Pacific Comics voulut à son tour imiter EC Comics et lança en 1982 *Alien Worlds* (science-fiction, avec Al Williamson) et *Twisted Tales* (horreur, avec Richard Corben, John Bolton, textes de Bruce Jones). Il existait une certaine assonance entre *Twisted Tales* et le titre de EC, *Two-Fisted Tales*. Ce fut certainement la tentative de revival des *horror comics* qui se rapprocha le plus de son modèle.

Venons-en maintenant à Eclipse, jeune maison dont l'éditrice, Catherine Yronwode, est une excellente spécialiste de B-D. J'ai déjà cité le nouvel *Airboy,* textes de Charles Dixon, dessins de Ron Randall. Eclipse a aussi publié une mini-série de trois magazines sur le kidnapping de *Valkyrie* (nº 1, mai 1987) par un colonel du KGB qui voulait la faire juger pour un crime de guerre commis en 1941 ! L'histoire bien tournée par Charles Dixon, dessins de Paul Gulacy, permit de redonner vie à Black Angel, une ancienne compagne de Valkyrie. La nouvelle Black Angel était une jeune femme noire, ce qui justifiait bien mieux son pseudonyme. Une deuxième mini-série consacrée à *Valkyrie* a débuté en juillet 1988, toujours par Dixon, mais les dessins sont de Brent Anderson. La belle Val est encore enlevée pour ce qui semblait être au départ une affaire de traite des blanches, mais qui évolue rapidement vers le fantastique et l'horreur.

Eclipse diffuse aussi aux États-Unis toute une série de comic-books japonais en noir et blanc. On y trouve surtout des histoires de ninja comme dans *The Legend of Kamui,* de Sanpei Shirato, avec les poursuites et les massacres que ce thème implique. *Mai, the Psychic Girl,* de Ryoichi Ikegami, est plus intéressant : la jeune héroïne est dotée de pouvoirs psychiques qui la feraient admettre sans peine chez les X-Men par le Pr Xavier et elle est accompagnée

217

de quatre autres enfants doués de facultés paranormales.

Notons enfin, pour la petite histoire, qu'Eclipse fit scandale en juillet 1986 avec le n° 9 de *Miracleman*, un très mauvais super-héros. On y montrait en gros plan et de façon réaliste une femme en train d'accoucher ! Malgré un avertissement clairement donné en couverture, le Comics Code et les gens « bien-pensants » s'émurent.

First Comics publie beaucoup dans tous les genres (dont une adaptation de *Elric de Melnibone* d'après Michael Moorcock), mais sans grande originalité. Toutefois *Whisper* mérite d'être citée, une héroïne créée en 1985 dans First Adventures, textes de Steven Grant, dessins de Dell Barras et, aujourd'hui, de Spyder. « Mon nom est Alexis Devin et je suis née à Seattle », répétait sans cesse cette ninja élevée par un beau-père japonais et qui souffrait de plus de traumatismes psychologiques que tous les X-Men réunis ! Le récit se suivait à travers images et ballons, accompagné d'encadrés exposant les pensées de Whisper, sans rapport avec les événements mais générale-ment liées aux fantômes de son passé. Le procédé était assez snob, mais original. Autre titre sortant de l'ordinaire, *Evangeline*, de Charles Dixon, textes, et Judith Hunt, dessins : son premier numéro parut en janvier 1984, son deuxième premier numéro en mai 1987. Nous sommes au XXIIIe siècle, l'homme a colonisé les étoiles, l'Église catho-lique est toujours là, puissante, et l'un de ses agents est la belle Evangeline, une nonne. Une nonne très dangereuse qui n'hésite pas à tuer, voire à se déguiser en prostituée si nécessaire. Sur cette trame scabreuse et difficile les auteurs d'*Evangeline* ont réussi un comics de S-F souvent attachant… et exempt de prêchi-prêcha.

© Americomics

AC, c'est-à-dire Americomics, est en quelque sorte le Fiction House d'aujourd'hui. Il met certes en scène quelques super-héros, mais surtout des héroïnes, filles de l'espace et Tarzannes toutes plus dévêtues les unes que les autres. Elles ont un point en commun : cent de tour de poitrine ! On les rencontre dans des magazines tels que *Femforce, Nightveil, Americomics, Ms Victory Special*, tous lancés en 1985 par Bill Black, et dessinés par Mark Heike, Mark Propst, etc. Nightveil (Laura Wright) est imitée de Phantom Lady (même robe bleue, même cape rouge) et Tara, la fille de la jungle, est copiée sur Rulah (seule la couleur du maillot deux-pièces diffère). The She-Cat rappelle beaucoup The Scarlet Witch. Quant à Ms Victory (Joan Wayne), le leader du groupe, elle ressemble à une Miss America qui aurait échancré son corsage; toutefois Ms Victory a une particularité : c'est une vieille femme qui retrouve pour quelque temps jeunesse et beauté en avalant une pilule.

La volonté d'Americomics de devenir le Fiction House d'aujourd'hui est d'autant plus nette qu'ils viennent de lancer de nouvelles versions de *filles de la jungle*. Ils ont ainsi repris Nyoka et la sortie de *Jungle Girls*, magazine réunissant Tara, Nyoka et Cave Girl (dans la version Powell), a eu lieu à la rentrée 1988.

Dark Horse Comics publie depuis mai 1987 un intéressant comic-book de science-fiction en noir et blanc, *Trekker*, textes et dessins de Ron Randall. Le personnage avait d'abord été essayé dans trois numéros de *Dark*

CEREBUS THE AARDVARK

3
$1

SONG OF RED SOPHIA

© Dave Sim

Horse Presents à partir de la fin 1986. Trekker (Mercy St. Clair) est une chasseuse de primes qui excelle aussi bien au maniement des armes que dans les arts martiaux. On fait appel à elle pour retrouver des renégats ou récupérer des plans volés sur quelque lointaine planète. Elle a pour amant un jeune flic qui est rarement dans le même camp qu'elle; les flics n'aiment pas les trekkers. Le noir et blanc réussit bien à Randall et la série a du mouvement et de la force.

Il existe encore un comic-book écrit, dessiné, publié et commercialisé par un seul homme, *Cerebus*, de Dave Sim. Créé en décembre 1977, *Cerebus the Aardvark* a dépassé son 110e numéro, et bien des personnages plus connus ne peuvent en dire autant. *Cerebus* est une bande parodique où apparaissent héros de B-D ou acteurs connus. Cerebus est un oryctérope, une sorte de cochon, très imbu de lui-même, et est – ou se croit – marié à Red Sophia (copie de Red Sonja, bikini métallique compris). La bande déborde de références au monde du comic-book et de private jokes, ce qui la rend difficile à suivre pour un Européen, d'autant que nombre d'épisodes sont quasi muets. Certains numéros sont bâclés, d'autres superbement dessinés. Le rythme de parution est erratique.

J'achèverai ce rapide tour d'horizon des compagnies indépendantes par *Xenozoic Tales* de Kitchen Sink Press, écrit et dessiné par Mark Schultz (no 1, février 1987). C'est un récit de S-F en noir et blanc (coloré dans la versión française), situé dans une Amérique future détruite par un cataclysme géant. Les animaux préhistoriques ont réapparu, les ptéranodons occupent les cieux et les mosasaures les océans, quant à la Terre, elle grouille de lézards géants. Les personnages sont des gens simples confrontés au problème de la survie face à l'invasion des sauriens.

Textes et dessins sont de qualité, l'auteur a manifestement été influencé par Frank Frazetta et l'héroïne, Hannah Dundee, y est imitée de Pha, la compagne de *Thun'da,* dans le comics préhistorique dessiné par Frazetta en 1952.

Puis, en 1986, DC Comics fit résonner de deux coups de tonnerre l'industrie du comic-book, qui s'en trouva modifiée, ainsi que son esthétique. En mars sortit le premier volume d'une mini-série de quatre, intitulée BATMAN *The Dark Knight returns,* écrit et dessiné par Frank Miller. La couverture est sombre et sobre, une petite silhouette de Batman se découpe sur un ciel de nuit zébré d'un grand éclair. Autre surprise, cette couverture est en carte dure au lieu de la simple feuille de papier couché habituelle, enfin le magazine est vendu 2.95 dollars au lieu des 75 cents de l'époque. Mais les surprises qui attendent le lecteur à l'intérieur sont bien plus grandes encore. Dès la première page une speakerine de TV annonce la prochaine retraite du commissioner Gordon à l'âge de soixante-dix ans, puis elle évoque son ancien ami, The Batman, dont plus personne n'a entendu parler depuis

221

une décennie. On passe directement à Gordon prenant un verre avec un vieil homme à cheveux blancs, un homme qu'il nomme Bruce ! Ainsi nous sommes dans l'avenir de Gotham City et Batman est un vieillard. Il est fâché avec Robin, nous l'apprenons bientôt, et n'a plus aucun contact avec lui depuis plus de sept ans. La ville est aux mains de hordes sauvages qui se nomment les mutants. C'est alors que *The Dark Knight* (le chevalier noir), l'homme chauve-souris, décide de revenir pour massacrer les criminels. Massacrer, alors que Batman ne tuait jamais ! Aussi, c'est bientôt *The Caped Crusader* lui-même qui est recherché pour meurtre. Puis une gamine, Carrie, qui n'a jamais connu les heures de gloire de l'ancien héros, s'amuse à revêtir le costume de Robin et sauve Batman ainsi vêtue ! Suit la lutte du vieil homme et de la petite fille contre des hordes déchaînées de mutants, lutte au cours de laquelle intervient Superman. Non pour venir en aide à son vieil ami, mais pour le combattre, car Batman est désormais hors la loi. Pour la première fois depuis des années un comic-book vit ses ventes dépasser le million d'exemplaires. Cette mini-série de Frank Miller fut une véritable commotion pour tous les amateurs de B-D.

En septembre 1986, DC allait encore plus loin avec une série de 12 comic-books intitulée *Watchmen (Les Gardiens)* ; textes d'Alan Moore (l'auteur britannique de *V for Vendetta*), illustrations de Dave Gibbons. Un ancien justicier masqué des années quarante, The Comedian, est retrouvé assassiné. Un autre vigile de l'époque, Rorschach (son masque évoque les taches du célèbre test), enquête et nous mène chez d'autres justiciers retirés, vieillis, embourgeoisés, ou mourant du cancer. Enfin, l'envers du décor des héros costumés du Golden Age. Rorschach est lui-même un fou criminel, et ne poursuit les gangsters que pour assouvir sa soif de meurtre. Plus on avance dans le récit, plus on est effaré de la noirceur des personnages. On apprend ainsi que The Comedian faisait autrefois partie des Minutemen (groupe de super-héros inventé pour la circonstance), et avait tenté de violer une jeune femme de l'équipe, The Silk Spectre, allant jusqu'à lui briser deux côtes. Toutes les implications sexuelles du port du costume sont évoquées : un pseudo-gangster, par exemple, Captain Carnage, ne revêtait son déguisement

que pour être frappé par un des vigiles car il était masochiste ! Les personnages des Watchmen font souvent allusion à un livre, *Under the Hood* (sous le masque), publié par Hollis Mason, membre des Minutemen sous le costume de Nite Owl. Or, les six dernières pages du magazine sont composées de larges extraits de ce livre, photos (dessinées en noir et blanc) comprises. On découvre ainsi que la vogue des super-héros dans les années quarante avait poussé des jeunes à tenter de les imiter en se costumant pour poursuivre les criminels. Comme le dit Laurie, la fille de Silk Spectre, qui avait un temps porté la tenue de sa mère : « Tu te souviens de mon costume, avec cette stupide mini-jupe et le collier qui descendait jusqu'à mon nombril ? Dieu, c'était si horrible. Quand j'y repense… Pourquoi nous habillions-nous comme ça ? »

Watchmen est pour moi le premier comic-book adulte publié aux États-Unis depuis la fin des EC Comics.

Aujourd'hui la firme DC est toujours à la pointe de la créativité. D'autres numéros extraordinaires de *Batman* (jeune) sont parus, certains d'une violence qu'on n'avait jamais connue, même avant le Comics Code. Ainsi *The Killing Joke* de Brian Bolland (1988) où le Joker tire une balle dans le ventre de la fille du commissioner Gordon (Bat Girl dans d'autres occasions), puis photographie son corps nu pour mettre son père à la torture. Plus récemment, *The Cult*, en quatre parties, *Ordeal, Capture, Escape* et *Combat,* de Berni Wrightson qui nous montre Batman asservi par une bande de tueurs fanatiques. Mais ce renouveau n'atteint pas le seul homme chauve-souris; DC a commencé en 1987 la publication de *Millenium* à un rythme hebdomadaire, textes de Steve Englehart, dessins de Joe Staton notamment. C'est un magazine réunissant tous les personnages de la firme, mais sans continuité entre les numéros. Chaque fois le récit est repris et se poursuit dans un des autres magazines de DC et Englehart annonce plus de trente « crossovers ». C'est-à-dire que la suite de *Millenium* n° 1 se trouve dans *Flash* n° 8, puis dans *Wonder Woman* n° 12, etc. Ensuite seulement, on peut passer au n° 2. Le système a l'avantage de fidéliser la clientèle; en revanche, la compréhension d'un numéro unique n'est pas chose aisée !

Aujourd'hui la B-D américaine – autrement dit le comic-book – a visiblement trouvé un troisième souffle. De nouveaux artistes de grand talent viennent d'apparaître, et le temps est loin où les jeunes dessinateurs américains imitaient Druillet, Moebius ou d'autres Européens. Avec John Byrne, Brent Anderson, Frank Miller, Dave Gibbons, Dave Stevens..., ils ont trouvé de nouveaux maîtres.

Encore une fois, il faut répéter que le sujet n'a pu qu'être effleuré ici. Pour vous en convaincre, je cède la parole à Richard Lupoff et Don Thompson : « Il y a quelques années, écrivent-ils, un fan enthousiaste tenta de recenser tous les super-héros et autres justiciers costumés apparus dans les comic-books. Il travailla jusqu'à épuisement et, quand il abandonna, il en avait déjà répertorié plus de 8 000 et la fin n'était pas en vue. » (*All in Color for a Dime*, New Rochelle, NY, 1970.) Aussi ne vous étonnez pas de n'avoir pas lu ici les noms de *Nexus, The Destroyer, American Flag, The Vision, Black Terror, Johnny Quick, Metamorpho, Black Panther, Supersnipe, White Streak, Bullet Man* ou, chez les dames, *Miss America, Bullet Girl, Tiger Girl, Judy of the Jungle, Lorna, Sun Girl, Mysta of the Moon,* ou *Dorothy Lamour* : la tâche était au-dessus des forces d'un homme dénué de super-pouvoirs...

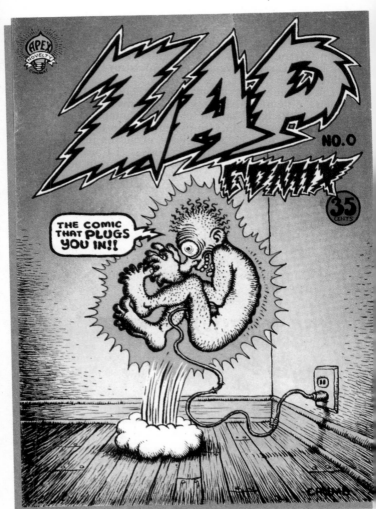

UNDERGROUND COMIX

Le mot *underground* signifie souterrain. Il désigne ici des comic-books en noir et blanc distribués en dehors des circuits normaux. Les tout premiers, au début des années soixante, furent de simples feuilles de papier ronéotées, distribuées gratuitement sur les campus, voire dans la rue.

On ne peut donner de date précise au mouvement underground puisque ses principaux créateurs, Crumb, Jay Lynch, Shelton, le font remonter à la fin des années cinquante, alors que le premier « *comix* » commercialisé, *Zap,* parut seulement en 1968. Essayons quand même d'y voir plus clair.

En 1960 Harvey Kurtzman, qui avait quitté *Mad,* créa un nouveau magazine satirique, *Help !* dont le titre complet était « L'aide apportée par H. Kurtzman aux esprits fatigués ». D'un humour proche de celui de *Mad,* le magazine était plus politisé, marqué à gauche. Kurtzman y fit débuter de jeunes dessinateurs tels que Robert Crumb, Jay Lynch, Skip Williamson et Gilbert Shelton; aussi *Help !* peut-il être considéré comme le creuset du nouveau mouvement. Toutefois certains strips, futures vedettes des comix, avaient déjà été conçus à l'époque, tels *Fritz the Cat,* de Crumb, dans le fanzine *Foo* à la fin des années cinquante, et *Wonder Wart-Hog,* de Shelton, dans une petite revue d'étudiants.

Le passage du fanzine d'amateur à la presse parallèle eut lieu dans le contexte du mouvement hippie, alors très important. Ce n'est pas un hasard si le premier comix, *Zap,* parut à San Francisco. Dans son historique de *Bijou Funnies,* la publication de Jay Lynch, le critique Marty Pahls écrit : « L'idée des underground comix ne surgit pas toute faite dans la tête de Lynch, Williamson et autres. En fait, Lynch, avec son honnêteté coutumière, explique que *Bijou* ne fut même pas le premier à paraître. "C'était le n° 1 de *Zap,* de Crumb, reconnaît-il. Il parut à San

Francisco six mois avant *Bijou*." Mais la réussite de *Bijou* prouva que le phénomène underground n'était pas limité à un homme, un magazine, une ville. Les "comix" devinrent bientôt un des éléments de base de l'environnement du "pouvoir fleuri", mais ils subsistèrent quand les fleurs des hippies finirent dans les poubelles. »

Le premier *Zap Comix* fut achevé par Crumb en octobre 1967. Son format était à peu de chose près celui d'un comic-book, mais seule sa couverture était en couleurs. Son prix, 35 cents, était trois fois plus élevé que la normale. Il portait en sous-titre : « Le comic qui vous branche vraiment ». Cette phrase était prononcée par un affreux bonhomme nu, bondissant en l'air, entouré d'un halo lumineux, un fil électrique fiché dans le ventre. Au dos du magazine, Crumb s'adressait à son futur public : « Ta mère a-t-elle déjà déchiré tes comic-books ? T'a-t-elle dit que leur lecture rendait idiot ? T'a-t-on plus sermonné pour t'expliquer que les comic-books étaient des saletés réalisées par des gredins ? Te sens-tu un peu coupable lorsque tu en lis un ? Penses-tu que tu ferais mieux de prendre un bon livre à la place ? Laisse *Zap Comix* foutre en l'air toutes ces conneries. Ça prendra seulement quinze minutes. Lis *Zap Comix* ! »

La parution de ce numéro fut toutefois retardée : un ami de Crumb avait égaré toutes les planches originales ! Crumb dut les redessiner d'après une épreuve ronéotée. Entre-temps, il avait achevé un second numéro de *Zap* qui parut en 1968, comme n° 1. Il fut suivi de peu par le véritable premier numéro, enfin reconstitué, numéroté 0 pour lui conserver son antériorité. Les deux *Zap* initiaux étaient entièrement dessinés par Crumb, mais, à partir du troisième, il ouvrit ses pages à S. Clay Wilson, Rick Griffin et Victor Moscoso.

Désormais le mouvement était lancé. *Zap* et *Bijou* furent suivis par de nombreux autres fascicules, *Yellow Dog, Snatch, Bent, Skull, Paranoia, Skull Comix, Tales of Sex and Death*, etc. Citons encore ceux-ci, aux titres pour le moins inattendus : *Half Assed Funnies* (comics du demi-cul), *Tales of the Leather Nun* (histoires de la nonne de cuir), *Insect Fear* (peur de l'insecte), *Slow Death* (mort lente), *Hydrogen Bomb and Biochemical Warfare Funnies* (comics de la bombe à hydrogène et de la guerre chimique) ou l'horrible *Amputee Love* consacré à l'amour chez les amputés ! Il y eut des comix écologistes, révolutionnaires, antimilitaristes, antireligieux, féministes (*Wimmen's Comix* ou *It Aint Babe*, de Trina Robbins); ou bien pour l'intégration raciale, pour la libéralisation de la drogue, pour la permissivité sexuelle, etc. Parmi les auteurs qui se révélèrent alors, il faut signaler, outre ceux déjà cités, Richard Corben, Art Spiegelman, Vaughn Bodé, Spain Rodriguez, Guy Colwell, Roger Brand, Dave Sheridan, Larry Welz, Rick Griffin. Chez tous, on retrouve au moins deux constantes : la contestation de l'ordre établi et la fidélité à l'humour dingue d'Harvey Kurtzman.

© Sheridan

Cette filiation est d'ailleurs proclamée par les chefs de file du mouvement eux-mêmes : « Maintenant, cinq ans plus tard, écrit Jay Lynch, il y a plus de cinq cents comix underground dans le monde. Nombre d'entre eux ont également été influencés par Kurtzman et son équipe. En fait, si vous lisez le courrier des lecteurs des magazines de Kurtzman, vous y trouverez des lettres de la plupart de ceux qui sont devenus depuis des dessinateurs underground. »

Parmi les créations les plus abouties, *Fritz the Cat* et *Mr Natural* de Robert Crumb. Une première ébauche de Fritz était parue à la fin des années cinquante dans un fanzine tiré à cent cinquante exemplaires, mais ses débuts officiels datent de 1968. Ce chat jouisseur et cynique était un marginal, un *freak* qu'intéressaient seulement le sexe, l'alcool et l'argent. Le cinéma en fit une vedette en le dénaturant. Ulcéré, Crumb tua son personnage en 1972. Fritz the Cat venait de plaquer une fille-autruche après lui avoir botté les fesses : elle se vengea en lui plantant un pic à glace dans la nuque. *Mr Natural* était lui une parodie du « gourou » cher à tant de jeunes en mal de certitudes. *Mr Natural* tenait à la fois du sage et de l'escroc,

et sa fréquentation apportait davantage de coups de pied au cul que d'enrichissement spirituel. Sans doute savait-il quelque chose, mais jamais il n'en faisait profiter ses disciples. Je dis « sans doute », car *Mr Natural* était capable de léviter, ce qui n'est pas à la portée de n'importe qui !

Wonder Wart-Hog de Gilbert Shelton débuta en 1959 dans un petit magazine distribué sur le campus d'une

université. Puis ce personnage parut régulièrement dans *Help !* Ce « merveilleux phacochère » est une parodie des super-héros où tous les tics du genre sont tournés en ridicule. Wonder Wart-Hog avait une particularité sexuelle intéressante, il était assez peu doué avec les attributs usuels, mais lorsqu'il utilisait son nez... *The Fabulous Furry Freak Brothers,* du même Shelton, fut créé en 1967. Phineas, Freewheelin' Frank, Fat Freddy et son chat constituaient les fabuleux Freak Brothers en question. Leur devise était : on vit mieux sans argent mais avec de l'herbe, qu'avec de l'argent et sans herbe. Leur seule activité était donc la recherche frénétique de la drogue; frénétique, mais décontractée. Shelton avait su conserver à sa bande un ton humoristique.

Nard'n Pat de Jay Lynch fit son apparition en 1968. Nard (Bernard) était un homme moustachu et Pat un chat non moins moustachu. Certaines de leurs aventures auraient parfaitement convenu à *la Semaine de Suzette,* d'autres... Une fois, Nard se retrouva la tête prise dans le vagin d'une voisine, et Pat fit croire au mari que sa femme était en train d'accoucher d'un enfant adulte ! *Snappy Sammy Smoot,* de Skip Williamson (1968), résume bien l'humour noir et dingue de son auteur. Dans un épisode, Snappy est abattu par un agent de la CIA. Des émeutes s'ensuivent. Snappy est alors ressuscité; malheureusement pour lui, il réapparaît entre manifestants et forces de l'ordre ! Il est la première victime tuée au cours des combats engagés pour venger sa mort !

Captain Pissgum and his Pervert Pirates, de S. Clay Wilson, date de la fin des années soixante. Ce dessinateur fut le plus étonnant et le plus fou que nous ait donné l'underground, mais son style était si violent, et ses idées si horribles que bien des historiens de la B-D ont préféré

© S. Clay Wilson

le passer sous silence. Ainsi que l'a écrit Lee Daniels dans son étude des comix : « Les œuvres de Wilson ont eu une influence directe et manifeste sur Crumb et tous les autres dessinateurs underground, car elles ont prouvé qu'on pouvait aller infiniment plus loin qu'eux dans la destruction en matière de bon goût et de limites à ne pas dépasser. » Il n'y a pas de récit à proprement parler chez Wilson, mais de grandes images où l'on baise et où l'on s'étripe dans tous les coins. Chez lui pornographie, violence et sadomasochisme allaient de pair. Dans ses dessins opposant des pirates des deux sexes, ou bien les femmes dominaient, et elles émasculaient joyeusement à grands coups de sabre, ou elles tombaient aux mains des hommes; alors, étroitement garrottées, elles étaient violées de toutes les façons possibles avant d'être mises à mort. Un horrible petit gnome au pantalon à carreaux, The Checkered Demon, excitait les combattants ou torturait les prisonnières. La rumeur dit que le LSD était pour beaucoup dans les visions d'horreur de S. Clay Wilson. Un de ses comix les plus étonnants ne comporte aucune mention de titre, de numéro, de prix ou de copyright !

La science-fiction eut sa part dans le mouvement underground. Généralement provocatrice dans la B-D classique, elle est ici plus conventionnelle. Vaughn Bodé créa *Cheech Wizard* en 1967. L'ambiance de la bande rappelait *Pogo* : de petits animaux soliloquaient dans la forêt. Mais la ressemblance restait purement formelle, l'esprit était tout différent. Cheech, le magicien, la tête toujours enfouie sous un bonnet étoilé, était continuellement consulté par les habitants de la forêt. Il ne répondait pourtant jamais à aucune question ou, s'il le faisait, c'était par un coup de pied dans le bas-ventre ! Vaughn Bodé est malheureusement mort en 1975 dans des circonstances dramatiques. Jeff Jones est l'un des meilleurs disciples de Frank Frazetta,

© Jeff Jones

© Corben

il a publié un beau comix de S-F en 1973, *Spasm,* et, à partir de 1974, a donné toute une série de planches de fantasy au *National Lampoon,* sous le titre *Idyl.* Elles illustraient de façon sarcastique des lieux communs de notre temps et mettaient en scène une petite jeune femme toujours nue, et parfois enceinte. Mais le dessinateur de S-F le plus connu qu'ait produit l'underground reste sans conteste Richard Corben dont nombre de bandes ont été publiées en France. Ainsi *Rowlf (Rolf),* qui date de 1971, et mêle des hommes aux armes ultra-modernes à une histoire moyenâgeuse de loup-garou. Les strips de Corben auraient pu paraître dans les comic-books traditionnels, n'étaient la nudité des héroïnes aux seins proéminents et l'expressionnisme du dessin.

Le mouvement underground n'allait pas durer très longtemps, en 1972 le déclin s'amorçait déjà. Je citerai un dernier comix paru cette année-là, *Maus* (c'est-à-dire : Souris), d'Art Spiegelman. L'auteur y racontait l'histoire du ghetto de Varsovie sous forme animalière, de souris martyrisées par des chats. Le résultat n'était guère concluant et passa inaperçu, mais nous y reviendrons.

À l'époque, tous les commentateurs pensèrent que ces nouveaux artistes allaient s'intégrer au paysage de la B-D et le modifier profondément. « Quelques critiques enthousiastes (dont l'auteur de ces lignes), écrit Maurice Horn, prédirent un long et glorieux futur à cette nouvelle race d'auteurs. Malheureusement (...) beaucoup disparurent bientôt de la scène des comix comme ils avaient disparu de la société normale : ils n'avaient pas su sortir de l'adolescence. » J'écrivais moi-même, en 1976 : « Les "comix" sont peut-être morts, mais le mouvement underground leur survivra longtemps encore. » Nous nous trompions. L'underground fut un feu de paille tué par l'amateurisme, le manque de moyens économiques, une distribution artisanale, et de surcroît – inutile de le nier – il fut surtout miné par l'alcool et la drogue. Des dessinateurs sont morts (Vaughn Bodé, Willie Murphy) ou ont disparu (S. Clay Wilson), quelques-uns ont réussi à devenir professionnels (Corben, Jeff Jones, Berni Wrightson), d'autres se répètent inlassablement (Crumb, Shelton). Pire, certains, pour survivre, dessinent ce qu'ils haïssaient; Trina Robbins illustre *The California Girls*, dans le genre *Archie*, et Larry Weltz publie *Cherry Poptart* qui, sous prétexte d'humour, est simplement pornographique.

Une retombée lointaine du mouvement underground peut cependant être trouvée dans le magazine d'art *Raw* lancé en 1980. L'un de ses rédacteurs, Art Spiegelman, allait y reprendre les thèmes ébauchés dans *Maus,* puis dans *Short Order Comix* (1973), et les approfondir. Le nouveau *Maus : a Survivor's Tale (Maus : un survivant raconte)* parut encarté dans *Raw* puis fut repris sous forme de livre en 1986. L'auteur cherchait à y dépeindre, à travers ses souvenirs familiaux et le récit paternel, l'âme juive et l'horreur de l'holocauste. C'était une œuvre psychologique très achevée, d'une qualité littéraire certaine, qui mérite la qualification de *graphic novel* (roman graphique) qui lui fut attribuée. Seuls les amoureux des chats

(dont je suis) n'y trouvèrent pas leur compte, Spiegelman dessinant les nazis sous les traits de leur animal favori !

L'expression « *graphic novel* » fit alors fortune et est maintenant appliquée à n'importe quoi. *Somerset Holmes,* par exemple, est une mini-série de six comic-books, mais leur réunion en album devient un graphic novel ! *Aria,* la jolie héroïne de fantasy de Michel Weyland destinée aux jeunes lecteurs de *Tintin,* vient d'être publiée aux États-Unis sous cette nouvelle appellation. Une fois de plus, il faut se méfier des modes ! En 1987, *Maus : a Survivor's Tale* fut sélectionné pour un prix littéraire important. Même s'il ne l'obtint pas, le fait mérite d'être signalé : c'était la première fois qu'un tel honneur était accordé à une bande dessinée.

LES UNDERGROUND D'HIER

DIRTY COMICS

On désigne sous cette appellation deux sortes de B-D « spéciales » et spécialisées. D'abord les bandes pornographiques hétéro ou homosexuelles. Certaines sont restées célèbres, comme les fascicules connus aux États-Unis sous le nom de *eight-pagers* dans les années trente. Il est également paru des B-D pornos dans nombre de pays, Mexique, Brésil après la guerre, Suède, Danemark, France, Italie aujourd'hui. Deuxième variété de *dirty comics,* les bandes de *bondage,* créées aux USA entre 1946 et 1950, et dont les Américains restent les spécialistes même s'il s'en produit également en Allemagne, Suède ou France.

1 _ COMICS PORNOGRAPHIQUES

Les *eight-pagers,* petits fascicules de huit pages (d'où leur nom), apparurent aux États-Unis au début des années trente. Ils étaient vendus sous le manteau, généralement à la sortie des écoles, par le dessinateur-imprimeur-distributeur. Travail d'amateur strictement, et nullement production du Milieu comme on l'a parfois écrit, ils intéressent aujourd'hui les collectionneurs car ils proposaient des versions pornographiques des principaux personnages de comic strips de l'époque. Une autre légende veut que certains d'entre eux aient été dessinés par les auteurs de la bande d'origine. Il suffit de regarder les illustrations pour constater qu'il s'agit de très grossières copies.

Un distributeur (anonyme) de *eight-pagers* raconte : « Je les vendais à la sortie des écoles. Je les vendais à des gamins pour 40 cents et ils en tiraient un dollar. Je dirai que tout bien compté j'arrivais à me faire un "grand" (mille dollars) par mois. À cette époque de dépression c'était pas mal de fric. Il m'est arrivé de me faire jusqu'à trois "grands" par mois. (...) Le plus drôle, c'est que plus la religion était forte dans le patelin, meilleures étaient les ventes. Je vendais toujours mieux dans les petites villes; je suppose que là les gens ne pratiquaient pas beaucoup la "chose", alors ils avaient besoin de lecture. »

Parmi les plus souvent représentées, on trouve *Blondie, Dixie Dugan, Boots, Winnie Winkle, Betty Boop, Tillie the Toiler,* chez les femmes. De leur côté, *Popeye, Wimpy, Joe Palooka, Moon Mullins, Alley Oop, Dick Tracy, Barney Google, Gasoline Alley, Pete the Tramp, Dagwood, Mickey Mouse* et le ménage Jiggs et Maggy de *Bringing Up Father* avaient les faveurs des pasticheurs. J'ai

même vu la chaste *Connie* représentée dans une activité qu'elle n'avait pas coutume de pratiquer en public. Il s'agissait toujours d'actes sexuels classiques, à deux ou plusieurs, mais sans perversions d'aucune sorte. Comme le montrent les listes ci-dessus, la parution des *eight-pagers* s'arrêta très tôt et, à ma connaissance, aucune vedette du comic-book n'y figura. En revanche, nombre de fascicules furent consacrés à des acteurs ou personnalités célèbres.

Les autres bandes pornos qui paraissent ici ou là depuis cette époque n'ont généralement aucun intérêt pour l'amateur de B-D, même si certaines peuvent être correctement dessinées. Signalons les fascicules *Kake* (été 1968) et *Beach Boys* (automne 1971), signés Tom, et très populaires dans les milieux homosexuels. Cet artiste finlandais a fixé une fois pour toutes le type du bellâtre *gay*, épaules super-larges, hanches fines, muscles de culturiste, sexe énorme, uniforme style Waffen SS. Tom s'est d'ailleurs défendu de tout message politique dans ses dessins : « Non, je ne suis absolument pas un fasciste, mais peut-être ai-je quelque inclination sadique. Et je dois honnêtement confesser que j'aime beaucoup les uniformes. Je trouve que les hommes sont très sexy dans des uniformes très ajustés. Sans doute suis-je un peu fétichiste... » Cité par Hans Sidén dans *Sadomasochism in Comics* (San Diego, 1972).

2. BONDAGE

À partir de 1946, la revue *Bizzare*, destinée aux amoureux de bottes de cuir et de cravaches anglaises, publia des bandes dessinées de John Willie, dont le fameux *Sweet Gwendoline*. L'héroïne, douce jeune femme naïve et bien en chair, tombait régulièrement aux mains du cruel baron d'Arcy qui la maintenait en captivité, étroitement ligotée. La baronne venait ensuite fesser ou fouetter la prisonnière qui pleurait un peu, mais semblait prendre plaisir à ce genre de (doux) sévices. Sweet Gwendoline ne se défendait jamais et attendait patiemment que son amie l'agent secret U 89 vienne la délivrer. Toute pornographie était exempte de cette bande, Gwendoline restait presque toujours correctement vêtue (on ne la voit nue que dans l'épisode intitulé *The Missing Princess*). Le seul but de Willie était de montrer de jolies jeunes femmes attachées ou, selon l'expression américaine, mises en *bondage*. La chose n'était pas nouvelle en soi, un illustrateur français, Carlo, s'en était fait une spécialité avant-guerre, mais il ne s'agissait pas alors de B-D. Par ailleurs, toutes les héroïnes classiques des comics ont été fréquemment représentées ainsi. Narda, Connie, Dale Arden, Diana Palmer, sans parler de Wonder Woman, ou Phantom Lady, se retrouvaient régulièrement

aux mains des méchants, pieds et poings liés. Nyoka s'en était même fait une spécialité ! Il faut y voir une variation sur le thème de la « demoiselle en détresse » plutôt qu'un appel à la perversion sexuelle. Le livre *I Fumetti*, de Carlo della Corte, reproduit même une photo de Milton Caniff dessinant une jeune fille les mains attachées au-dessus de la tête. Qu'aurait dit le Dr Wertham s'il avait eu connaissance de ce document !

Probablement sans l'avoir voulu, John Willie devint le chef de file d'un nouveau genre : la bande dessinée sado-masochiste. Au début des années cinquante la firme Nutrix lança toute une série de fascicules de ce type, illustrés par Stanton, Jim, Eneg (Gene Bilbrew), Mario, et Ruiz (auteur d'une bonne bande érotique, *Fruta Verde,* parue au Mexique en 1954 dans *Picante*). L'esprit de ces B-D était toutefois fort différent de celui de *Sweet Gwendoline.* Ici plus de Baron d'Arcy, ni même de personnage masculin : pour éviter l'accusation de pornographie, Nutrix avait proscrit les hommes de ses publications. Des femmes dominantes attachaient et torturaient des femmes esclaves, rien d'autre. En particulier, rien qui puisse suggérer des relations sexuelles, sinon les positions « offertes » des victimes. La nudité était interdite, le sang proscrit et les

sévices ne devaient en aucun cas s'exercer sur les seins, le ventre, ou le postérieur des prisonnières; même les fessées et le fouet étaient exclus. Par suite, les auteurs durent inventer des appareils compliqués de *bondage* où l'on attachait des jeunes femmes pour les suspendre, les étirer, les écarteler, les comprimer, etc., tout en leur laissant toujours soutien-gorge, culotte, et parfois même bas et souliers à talons aiguilles !

Un de ces fascicules, hasard sans doute, fut plus réussi esthétiquement : *Baroness Steel's Museum of*

© Ruiz

Torture, de Jim (1954), dans lequel bourreaux et victimes portaient des vêtements de métal, ce qui créait un effet inhumain saisissant, mais le principe général restait le même. On peut citer également *Princess Elaine's Terrible Fate,* de Eneg (1952), une bande située à l'époque romaine et un peu moins statique que les autres, qui comportait quelques scènes de batailles et où le sang coulait parfois (malgré l'interdit). Elaine était ligotée de toutes les façons imaginables, toujours dans des positions la montrant sexuellement accessible, mais aucun homme en vue... Aucun, sinon le lecteur.

Aujourd'hui, les bandes de *bondage* ont changé avec la libéralisation des mœurs. Les filles sont toujours attachées, mais nues, et servent d'objets sexuels à leur maître ou maîtresse. Le fouet a refait son apparition ainsi que les ceintures à double godemiché, et les suspensions par les seins sont monnaie courante. Mais les hommes ne sont plus épargnés et sont à leur tour ligotés, fouettés et battus par de sévères maîtresses. On rencontre aussi ce genre de situations dans les fascicules homosexuels, ceux de Tom ou autres. L'argument (naïf) est toujours le même : un jeune homme est enlevé, déshabillé, attaché et violé par une bande de jeunes *gays*. Il est alors immanquablement « converti » !

Bishop, Stanton et Di Mulatto sont les actuels spécialistes du *bondage*. Eric Stanton publie en ce moment une amusante parodie de Wonder Woman, intitulée *Blunder Broad* (la nana gaffeuse). Cette Amazone possède les mêmes pouvoirs et porte le même costume que son modèle, mais Blunder Broad est constamment maintenue en *bondage* car on peut réduire à néant sa super-force en lui pratiquant le cunnilingus ! En France, un album a fait scandale à sa sortie, en 1977, *Marie-Gabrielle de Saint-Eutrope,* de Georges Pichard. Le propos – une parodie des œuvres libertines du XVIIIe siècle, où fessées alternent avec citations pieuses – ne manquait pas d'humour, mais les limites du sadisme étaient atteintes, et même dépassées. Voir page après page des femmes, souvent enceintes, enchaînées et torturées n'a plus rien d'érotique. En revanche, un clin d'œil humoristique à ce genre de bandes est paru en 1988, *La Bionda Colpo Dioppo* (*La Blonde Coup Double,*) du dessinateur italien Franco Saudelli; des jolies filles y passaient leur temps à se ligoter les unes les autres, mais sans se faire de mal. Saudelli avait déjà publié une parodie de *Sheena,* en version « bondage », *Khina, regina della jungla,* d'où tout esprit sadique était exclu.

© Saudelli/Dargaud

CONCLUSION PROVISOIRE

93 ans de bande dessinée, c'est un long chemin parcouru. Pourtant, soyons-en sûrs, nous en sommes seulement au début de ce qui s'est révélé l'un des moyens d'expression les plus originaux de notre temps. Née avec le siècle, la B-D lui survivra longtemps.

Bien sûr, certaines de ses formes ont déjà disparu; des journaux tels que *The Rainbow, Robinson* ou *L'Avventuroso* ne pourraient plus exister aujourd'hui en Europe. D'autres genres de B-D déclinent, bandes quotidiennes et planches dominicales se raréfient chaque année davantage dans les journaux américains. En revanche, le comic-book, si décrié il y a trente ans, a su puiser en lui-même les sources de son renouvellement. Après le *Golden Age* des années quarante, le *Silver Age* des années soixante, voici un nouvel âge d'or qui commence à l'aube de la dernière décennie du siècle.

De ce côté-ci de l'Atlantique, les choses ont évolué différemment. Longtemps fer de lance de la B-D en Europe, l'Italie est aujourd'hui en crise et, depuis quelques années déjà, les productions franco-belges ont pris la relève. La bande dessinée d'expression française avait su imaginer une présentation originale : l'album. À l'exception de quelques ouvrages de luxe, ce mode d'édition est inconnu dans le monde anglo-saxon et les quelques tentatives récentes pour acclimater nos albums outre-Atlantique se sont heurtées à une forte résistance du public. En France et en Belgique, on en trouve dans la majorité des foyers; c'est que la tradition de l'album cartonné est ancienne chez nous : *Bécassine, Bicot, Gédéon, Mickey, Félix le chat* ou *Zig et Puce* paraissaient déjà ainsi avant-guerre. D'où cette fameuse règle de la double exploitation : une B-D paraissait d'abord en magazine (dans *Spirou, Tintin,* plus tard *Pilote, (À suivre), Circus,* etc.), puis en album. Ce système satisfaisait éditeurs et auteurs et,

243

pendant longtemps, a donné d'excellents résultats. La B-D déclinait ailleurs et flambait chez nous, sans même tenir compte des ventes colossales d'*Astérix,* devenu un véritable phénomène de société.

Puis, un jour, les ventes ont commencé à baisser chez nous aussi et, malheureusement, les éditeurs ont choisi de réagir en jouant la quantité plutôt que la qualité. Ils ont publié beaucoup et n'importe quoi pour maintenir leur chiffre d'affaires; par suite, les tirages ont baissé et les prix ont augmenté, ce qui a entraîné une nouvelle baisse des ventes. On connaît le cycle infernal. Cette politique éditoriale aberrante s'est poursuivie jusqu'à ces toutes dernières années dans les revues comme en albums. Aussi les ventes des magazines (*Fluide Glacial* excepté) ont plongé vertigineusement, et celle des cartonnés a subi une forte baisse en 1985 et au début de 1986. Les médias se sont fait l'écho de la « crise de la B-D », prêts à enterrer ce qu'ils avaient porté aux nues l'année précédente.

Depuis longtemps les éditeurs s'interrogeaient sur le bien-fondé de la règle de la double exploitation : ne pourrait-on améliorer la rentabilité des bandes en les republiant sous une troisième forme ? Ils imaginèrent les tirages de tête, plus luxueux, et autres albums géants réservés à des séries vedettes, mais leur prix en détournèrent rapidement le public. Une autre forme de publication existait pourtant, plus populaire : le format de poche. Des tentatives avaient été faites. Dès 1955, les éditions Ballantine publiaient en *paperbacks* les bandes de *Mad* et de *Panic,* mais sans couleur, et il fallait lire le livre dans le sens de la longueur, ce qui n'était guère pratique. Quelques années plus tard, Dupuis tenta à son tour l'expérience avec sa série *Gags de poche*; cette fois le sens de lecture était normal, mais les dessins étaient réduits et en noir et blanc. Le problème de réduction arrêta tous les éditeurs et fit juger l'entreprise impossible après quelques tentatives désastreuses ici ou là. C'est en octobre 1986, en pleine « crise » du genre, que naquit vraiment la bande dessinée de poche, avec la collection *J'ai lu B-D.* Elle surprit la profession et rencontra l'adhésion immédiate du public. Les couleurs étaient respectées et les dessins n'étaient pas ou peu réduits; en revanche, ils étaient entièrement remontés par rapport à la planche originale. Ainsi un album de quarante-huit pages se recomposait sur cent vingt-huit pages de plus petit format. Les puristes crièrent au scandale, au « tripatouillage infâme »; Philippe Druillet les fit taire en demandant à paraître en poche, ce que je n'aurais pas oser lui proposer, je l'avoue. *Les six voyages de Lone Sloane,* en petit format, appellent une lecture différente de l'album; comparer n'a pas de sens, il ne s'agit plus du même livre.

La B-D poche allait-elle précipiter la chute de l'album ? On pouvait le craindre. Certains éditeurs refusèrent de céder les droits de leurs bandes par crainte de voir baisser les ventes. La réalité fut tout autre, le marché de l'album se redressa fin 1986. J'aimerais croire que le bruit fait autour de la naissance de *J'ai lu B-D* a quelque peu contribué à remettre la machine en marche. Il est permis de rêver... Il semble aujourd'hui probable que la réédition en poche complétera à l'avenir les exploitations traditionnelles. Peut-être remplacera-t-elle même un jour la prépublication en magazine car la baisse des ventes des revues, elle, reste préoccupante.

Ainsi, une partie des nuages qui s'étaient amoncelés sur la bande dessinée, aussi bien aux États-Unis qu'en Europe, s'est dissipée. D'autres dangers la guettent encore cependant : l'obscurité d'un avant-gardisme de pacotille à une extrémité, la débilité de scénarios dépassés depuis 1950 à l'autre. Si la B-D veut continuer à se développer, il lui faut d'abord de bonnes histoires, ensuite de bonnes histoires, enfin de bonnes histoires. Les bons dessinateurs, il y en a, aucune inquiétude de ce côté-là.

Que vous préfériez *Tintin* ou *Phantom Lady, Kador* ou *Connie, Gaston Lagaffe* ou *Watchmen, la Femme piège* ou *V for Vendetta,* soyez assuré que la relève est prête. Chaque année, de nouveaux dessinateurs apparaissent, sans autre ambition que de publier à leur tour leurs petits Miquets pour notre plus grand plaisir à tous. Le centenaire de la B-D est pour bientôt; le premier centenaire...

BIBLIOGRAPHIE

ALESSANDRINI M., DUVEAU M., GLASSER J.-C., VIDAL M. : *Encyclopédie des bandes dessinées,* Albin Michel, 1979.

ABEL R.H., PERRY G. : *The Penguin Book of Comics,* Penguin Books, 1967.

BLANCHARD Gérard : *La bande dessinée,* Marabout, 1969.

CAEN M., LOB J., STERNBERG J. : *Les chefs-d'œuvre de la bande dessinée,* Anthologie Planète, 1967.

CRAWFORD Hubert H. : *Crawford's Encyclopedia of Comic Books,* Jonathan David, 1978.

DANIELS Les : Comix : *A History of Comic Books in America,* Bonanza Books, 1971.

DELLA CORTE Carlo : *I fumetti,* Mondadori, 1961.

FEIFFER Jules : *The Great Comic Book Heroes,* Dial Press, 1965.

FILIPPINI H., GLÉNAT J., MARTENS T., SADOUL N. : *Histoire de la bande dessinée en France et en Belgique,* Éditions Glénat, 1979.

FRÉMION Yves : *L'ABC de la BD,* Casterman, 1983.

GASSIOT-TALABOT Gérald (sous la direction de) : *Bande dessinée et figuration narrative,* Musée des arts décoratifs, 1967.

GOULART Ron : *Great History of Comic Books,* Contemporary Books, 1988

HORN Maurice : *The World Encyclopedia of Comics,* Avon, 1977.

LACASSIN Francis : *Pour un 9e art, la Bande Dessinée,* 10/18, 1971.

LUPOFF R., THOMPSON D. : *All in Color for a Dime,* Arlington House, 1970.

LUPOFF R., THOMPSON D. : *The Comic-Book Book,* Arlington House, 1973.

O'BRIEN Richard : *The Golden Age of Comic Books,* Ballantine Books, 1977.

OVERSTREET Robert M. : *The Comic Book Price Guide,* édité annuellement par l'auteur.

REITBERGER R.C., FUCHS W.J. : *Comics, Anatomie eines Massenmediums,* Heinz Moos Verlag, 1971.

RENARD Jean-Bruno : *Clefs pour la Bande dessinée,* Seghers, 1978.

SADOUL Jacques : *L'enfer des bulles,* Jean-Jacques Pauvert, 1968.

SADOUL Jacques : *Les filles de papier,* Elvifrance, 1971.

SADOUL Jacques : *Panorama de la bande dessinée,* J'ai lu, 1976.

STERANKO James : *The Steranko History of Comics,* Supergraphics. Vol.1, 1970. Vol.2, 1972.

WAUGH Coulton : *The Comics,* Macmillan Company, 1947.

254

TABLE DES MATIÈRES

2561

Composition Communication à Champforgeuil
Impression Canale à Turin le 13 mars 1989
Dépôt légal mars 1989
ISBN 2-277-22561-4
Imprimé en Europe (Italie)

Editions J'ai lu
27, rue Cassette, 75006 Paris
diffusion France et étranger : Flammarion